Diogenes Taschenbuch 20205

de
te
be

Molière

Der eingebildete Kranke
Die Gaunereien des Scappino

Zwei Komödien
Neu übertragen von
Hans Weigel

Diogenes

Die vorliegenden Komödien in der Neuübertragung
von Hans Weigel erschienen erstmals 1975 im
Diogenes Verlag, ›Der eingebildete Kranke‹ unter
dem Titel ›Der Hypochonder‹
Der Buchschmuck ist der ersten Gesamtausgabe
der Werke Molières, Paris 1682, entnommen

www.diogenes.ch
20/03/8/4
ISBN 3 257 20205 9

Axel Renner

Inhalt

Der eingebildete Kranke

(Le Malade imaginaire)
Komödie in drei Akten

Der ursprüngliche Titel dieser Übersetzung war ›Der Hypochonder‹, weil mir der traditionelle Titel nicht behagte. Als ›Hypochonder‹ ist die Komödie auch im Theater und im Fernsehen aufgeführt worden. Der Verlag bittet mich nun auf Grund überzeugender Argumente, der Tradition Genüge zu tun, und ich bin damit einverstanden. Wer aber weiterhin den Titel ›Der Hypochonder‹ vorzieht, dem danke ich auf diesem Weg sehr herzlich. H. W.

LE MALADE IMAGINAIRE

Personen

ARGAN, der eingebildete Kranke
BÉLINE, zweite Frau des Argan
ANGÉLIQUE, Tochter des Argan, in Cléante verliebt
LOUISON, kleine Tochter des Argan, Schwester der Angélique
BÉRALDE, Bruder des Argan
CLÉANTE, in Angélique verliebt
DOKTOR DIAFOIRUS, Arzt
THOMAS DIAFOIRUS, sein Sohn, in Angélique verliebt
DOKTOR PURGON, Arzt des Argan
MAGISTER FLEURANT, Apotheker
HERR DE BONNEFOY, Notar
TOINETTE, Dienerin
KLISTIERSPRITZENTRÄGER, APOTHEKER, ÄRZTE, CHIRURGEN

Die Handlung begibt sich in Paris

Erster Akt

Erste Szene

Argan

ARGAN *sitzt allein in seinem Zimmer, vor sich einen Tisch, kontrolliert mit Hilfe von Jetons eine Apothekerrechnung* Zwei und drei: fünf – und fünf: zehn – und zehn: zwanzig. Drei und zwei: fünf. – »Am Vierundzwanzigsten: einen milden, vorbereitenden, lindernden Einlauf, um die werten Eingeweide des gnädigen Herrn zu befeuchten, zu erweichen und zu erfrischen.« Sehr höflich sind seine Rechnungen, das gefällt mir immer wieder an diesem Fleurant – »die werten Eingeweide des gnädigen Herrn« – dreißig Sous. Ja, Herr Magister, aber Höflichkeit ist nicht alles, man muß auch ein Einsehen haben und die Kranken nicht schröpfen. Dreißig Sous für eine Spülung, nein, dafür bedanke ich mich, dafür haben Sie früher zwanzig verlangt, und wenn ein Apotheker »zwanzig« sagt, heißt das »zehn«. – Hier: zehn. »Ferner, am nämlichen Tag: einen wirksamen abführenden Einlauf mit doppeltem Zusatz von Rhabarber, Blütenhonig, Sennes etcetera etcetera laut Vorschreibung, um den werten Unterleib des gnädigen Herrn zu spülen und auszuputzen – dreißig Sous.« Zehn, wenn Sie gestatten. »Ferner, am nämlichen Tag, abends: eine einschläfernde Leber-Emulsion, um die werte Nachtruhe des gnädigen Herrn zu fördern . . .« Dagegen ist kein Wort zu sagen; ich habe gut geschlafen. ». . . fünfunddreißig Sous.« Siebzehneinhalb – zehn, fünfzehn, sechzehn, siebzehn ... eins, zwei, drei, vier, fünf. – »Am Fünfundzwanzigsten: eine wirksame abführende und stärkende Arznei, kombiniert aus frischem Zimt und orientalischen Sennes etcetera etcetera laut Vorschreibung des Herrn Doktor Purgon, um die werte Galle des gnädigen Herrn auszuscheiden und zu entleeren, eineinhalb Taler.« Aber Herr Magister, das ist nicht Ihr Ernst, man muß die Kranken doch leben lassen, Herr Doktor Purgon hat mir nicht eineinhalb Taler verordnet – einen, einen Taler, wenn ich bitten darf! – »Ferner, am nämlichen Tag: einen schmerzstillenden, zusammenziehenden Trank, um den gnädigen Herrn zu beruhigen, dreißig Sous.« – Gut, fünfzehn. – »Am Sechsundzwanzigsten: einen entlüftenden Einlauf, um die werten Winde des gnädigen Herrn zu vertreiben, dreißig Sous.« – Herr Magister! Zehn. – »Am Siebenundzwanzigsten: ein kräftiges Pulver, um die werte Verdauung zu befördern und die werten schlechten Säfte des gnädigen Herrn abgehen zu lassen, einen Taler.« – Einen halben? Ja? Es freut mich, daß Sie vernünftig sind. – »Am Achtundzwanzigsten: eine Dosis geklärter und gesüßter Molke, um das werte Blut des gnädigen Herrn zu läutern, zu besänftigen, abzukühlen und zu erfrischen – zwanzig Sous.« – Gut! Zehn Sous. – »Ferner einen herzstärkenden vorbeugenden Saft, gebraut aus zwölf Gran Ziegelstein, Granatapfel- und Zitronensaft etcetera etcetera laut Vorschreibung, zwei Taler.« – Oho, Herr Magister, nicht so eilig, bitte; wenn Sie mir so kommen, freut mich ja das ganze Kranksein nicht! Einen Taler, ja? – Also: Zwanzig – vierzig. Drei und zwei: fünf – und fünf: zehn – und zehn: zwanzig. Einundzwanzig Taler, vier Sous und sechs Kreuzer. Ich habe also in diesem Monat eingenommen: eins, zwei, drei, vier, fünf, sechs, sieben, acht Arzneien, eins, zwei, drei, vier, fünf, sechs, sieben, acht, neun, zehn, elf, zwölf Einläufe; im letzten Monat zwölf Arzneien und zwanzig Einläufe. Kein Wunder, daß es mir weniger gut geht! Ich werde es dem Doktor sagen – er muß das ausgleichen. – *ruft* He! Fort mit dem Zeug! – Niemand ist hier. Wie oft soll ich's noch sagen? – Immer lassen sie mich allein. Ich kann sie ja nicht anbinden. *er schwingt eine Glocke* Kein Mensch hört mich. Viel zu leise ist diese Glocke! – Kling, kling, kling! – Nichts zu machen. – Kling, kling, kling! – Sie sind taub. – Kling, kling, kling! Als würde ich nicht läuten. Toinette! Du Hündin, du Mistvieh! Kling! Kling! Kling! Ich fahre aus der Haut. *er schreit nur noch* Kling, kling, kling, du Teufelsaas! Gibt es denn das, einen armen Kranken so allein lassen?! Kling, kling, kling, erbärmlich ist das! Kling, kling, kling, o du mein Gott und Herr, sie lassen mich ja sterben. Kling, kling, kling ...

Zweite Szene

Toinette, Argan

TOINETTE Da bin ich ja.

ARGAN Hündin, Mistvieh ...

TOINETTE *tut, als hätte sie sich den Kopf angeschlagen* Immer diese verdammte Ungeduld! Sie hetzen die Leute so herum, daß ich mit dem Kopf gegen den Fensterladen gerannt bin.

ARGAN *in wachsendem Zorn* O du Rabenvieh ...

TOINETTE *täuscht Schmerzen vor, um ihn zu unterbrechen* Au!

ARGAN Vor einer ...

TOINETTE Au!

ARGAN Vor einer Stunde ...

TOINETTE Au!

ARGAN ... hast du mich ...

TOINETTE Au!

ARGAN Schweig, du Aas, ich will schimpfen.

TOINETTE Ja, das weiß Gott, nach dem, was ich mir angetan habe.

ARGAN Die Seele läßt du mich aus dem Leib schreien, du Halunkin!

TOINETTE Und Sie lassen mich den Kopf anschlagen – eines wie das andere – wir sind also quitt, wenn Sie gestatten.

ARGAN Was, du Teufelsbraten ...

TOINETTE Wenn Sie schimpfen, heule ich.

ARGAN Du Verbrecherin läßt mich ...

TOINETTE *immer, um ihn zu unterbrechen* Au!

ARGAN Wirst du endlich ...

TOINETTE Au!

ARGAN Was? Ich darf nicht einmal mehr nach Herzenslust schimpfen?

TOINETTE Bitte: schimpfen Sie, soviel Sie wollen. Mir soll's recht sein.

ARGAN Kann ich denn, du Untier, wenn du mich jedesmal unterbrichst?

TOINETTE Wenn Sie nach Herzenslust schimpfen, dann muß ich auch nach Herzenslust heulen dürfen. Jedem das Seine, so gehört sich's. Au!

ARGAN Lassen wir das jetzt. Fort mit diesem Zeug, du Unhold, weg damit. *er erhebt sich in seinem Fauteuil* Hat der Einlauf gut gewirkt?

TOINETTE Der Einlauf?

ARGAN Ist viel Galle mitgekommen?

TOINETTE In diese Dinge mische ich mich nicht ein. Soll der Magister seine Nase hineinstecken – er verdient ja dran.

ARGAN Man muß die Brühe vorbereiten – es ist bald Zeit für den nächsten.

TOINETTE Der Herr Magister und der Herr Doktor haben viel Spaß mit Ihrem Körper. Die beste Melkkuh sind Sie für diese Herren. Ich möchte die Doktoren gern einmal fragen, was Ihnen eigentlich fehlt, daß Sie so viele Medikamente brauchen.

ARGAN Schweig, ungebildetes Geschöpf, es ist nicht deine Sache, die ärztlichen Verschreibungen zu bekritteln. Man rufe meine Tochter Angélique, ich habe ihr etwas mitzuteilen.

TOINETTE Da kommt sie von selbst. Sie hat Ihren Wunsch vorausgeahnt.

Dritte Szene

Angélique, Toinette, Argan

ARGAN Komm her, Angélique, du besuchst mich zur rechten Zeit. Ich wollte mit dir sprechen.

ANGÉLIQUE Hier bin ich, Vater – ich höre.

ARGAN *entfernt sich eilig* Warte. Ich komme gleich.

TOINETTE *spöttisch* Schnell, schnell, gnädiger Herr. – Der Herr Magister bekommt seinen Macherlohn nicht umsonst.

Vierte Szene

Angélique, Toinette

ANGÉLIQUE *mit schwärmerischem Blick, vertraulich* Toinette.

TOINETTE Ja.

ANGÉLIQUE Sieh mich an.

TOINETTE Ja, ich sehe Sie.

ANGÉLIQUE Toinette.

TOINETTE »Toinette« und was noch?

ANGÉLIQUE Errätst du nicht, wovon ich sprechen will?

TOINETTE Wovon denn wohl? Von unserem jungen Verehrer? Seit sechs Tagen haben wir ja keinen anderen Gesprächsstoff. Wenn Sie nicht ununterbrochen über ihn sprechen können, fühlen Sie sich nicht wohl.

ANGÉLIQUE Du weißt es also; warum fängst du dann nicht von selbst eine Unterhaltung über ihn an und sparst mir die Mühe, das Gespräch auf ihn zu bringen?

TOINETTE Dazu lassen Sie mir keine Zeit; Sie sind so sehr darauf aus, daß man Ihnen kaum zuvorkommen kann.

ANGÉLIQUE Ich gebe gern zu, daß ich nicht müde werde, von ihm zu sprechen, und daß mein Herz auf jede Gelegenheit brennt, sich dir zu eröffnen. Doch sag mir, Toinette, mißbilligst du meine Gefühle für ihn?

TOINETTE Ich werde mich hüten.

ANGÉLIQUE Ist es unrecht, wenn ich mich diesen holden Empfindungen ausliefere?

TOINETTE Das sage ich nicht.

ANGÉLIQUE Wolltest du, daß ich gegen die zärtlichen Beteuerungen seiner glühenden Leidenschaft unempfindlich bliebe?

TOINETTE Gott bewahre mich!

ANGÉLIQUE Sag mir, Toinette, erblickst du nicht auch etwas Göttliches, eine Fügung des Schicksals in dem unerwarteten Zufall unseres Kennenlernens?

TOINETTE Ja.

ANGÉLIQUE Findest du nicht, daß sein Entschluß, mich zu verteidigen, ohne mich zu kennen, eine edle Gesinnung verrät?

TOINETTE Ja.

ANGÉLIQUE Daß man nicht großherziger sein kann?

TOINETTE Sehr richtig.

ANGÉLIQUE Und daß er all dies auf die artigste Manier der Welt getan hat?

TOINETTE Doch, doch.

ANGÉLIQUE Findest du nicht auch, daß er göttlich anzusehen ist?

TOINETTE Gewiß.

ANGÉLIQUE Daß es auf der Welt wohl kaum einen schöneren Anblick gibt?

TOINETTE Ohne Zweifel.

ANGÉLIQUE Daß aus seinen Reden wie aus seinen Taten Vornehmheit spricht?

TOINETTE Sicherlich.

ANGÉLIQUE Daß man sich kaum etwas Leidenschaftlicheres vorstellen könnte als das, was er mir sagt?

TOINETTE Stimmt.

ANGÉLIQUE Und daß die Zwangslage, in die man mich versetzt, das Allerärgste ist, weil sie alle Ergüsse der holden Regungen unserer vom Himmel begünstigten gegenseitigen Zuneigung erstickt?

TOINETTE Da haben Sie recht.

ANGÉLIQUE Aber sag, liebste Toinette, glaubst du, daß er mich so sehr liebt, wie er es beteuert?

TOINETTE Nun, in solchen Fällen ist manchmal eine gewisse Vorsicht am Platz. Die Larve der Liebe sieht der Wirklichkeit zum Verwechseln ähnlich.

ANGÉLIQUE Ach, Toinette, was sagst du da?! Kann er denn auf die Art, wie er zu mir spricht, die Unwahrheit sagen?

TOINETTE Sie werden gewiß bald Klarheit haben; er hat ja gestern geschrieben, daß er entschlossen ist, um Sie anzuhalten, und auf diese Weise erkennen Sie schnell, ob er Sie betrügt oder nicht. Das ist die sicherste Feuerprobe.

ANGÉLIQUE O Toinette, wenn er mich verrät, glaube ich im Leben keinem Mann mehr.

TOINETTE Ihr Vater kommt zurück.

Fünfte Szene

Argan, Angélique, Toinette

ARGAN *setzt sich in seinen Fauteuil* Meine liebe Tochter, ich muß dir eine Mitteilung machen, die du wohl kaum erwartest. Man wünscht dich zu heiraten. – Wie, du lachst? Ja, das Wort »heiraten« klingt heiter, es gibt gewiß kein freundlicheres für die jungen Mädchen. Oh, Natur, Natur! Wie ich sehe, meine Tochter, brauche ich dich nur ganz einfach zu fragen, ob du willst.

ANGÉLIQUE Ich muß alles tun, was Sie mir aufzutragen belieben, mein Vater.

ARGAN Es tut mir wohl, daß ich eine so gehorsame Tochter habe.

ANGÉLIQUE Ich muß alle Ihre Wünsche blind erfüllen, mein Vater.

ARGAN Meine Frau, deine Stiefmutter, wollte, daß ich dich ins Kloster schicke und deine kleine Schwester Louison auch; sie hat ganz energisch immer wieder darauf bestanden.

TOINETTE *ganz leise* Das gute Geschöpf hat seine Gründe.

ARGAN Sie wollte dieser Heirat nicht zustimmen, aber ich war der Stärkere und habe mein Wort gegeben.

ANGÉLIQUE Ach, mein Vater, wie danke ich Ihnen für so viel Güte!

TOINETTE Das freut mich von Ihnen, wirklich, es ist der vernünftigste Entschluß Ihres Lebens.

ARGAN Ich habe den Betreffenden noch nicht gesehen; aber man sagt: ich werde zufrieden sein, und du auch.

ANGÉLIQUE Ja, ganz gewiß, mein Vater.

ARGAN Hast du ihn denn gesehen?

ANGÉLIQUE Ihr Einverständnis macht, daß ich Ihnen mein Herz eröffnen kann; so sage ich Ihnen denn ohne Zögern, daß ein Zufall uns vor sechs Tagen zusammenführte – der Antrag entsprang einer inneren Zuneigung, welche uns beide sofort erfaßte.

ARGAN Das wurde mir nicht erzählt; aber um so besser! Es kann mir ja nur recht sein, wenn die Dinge sich so verhalten. Ich höre, daß er ein großer und hübscher Junge ist.

ANGÉLIQUE Ja, mein Vater.

ARGAN Gut gewachsen.

ANGÉLIQUE Gewiß.

ARGAN Angenehm im Umgang.

ANGÉLIQUE Sicherlich.

ARGAN Mit ansprechenden Gesichtszügen.

ANGÉLIQUE Überaus ansprechend.

ARGAN Gescheit und aus gutem Haus.

ANGÉLIQUE Zweifellos.

ARGAN Hochanständig.

ANGÉLIQUE Der anständigste Mensch auf der Welt.

ARGAN Er spricht Latein und Griechisch.

ANGÉLIQUE Das weiß ich nicht.

ARGAN Und wird in drei Tagen den Doktorhut erhalten.

ANGÉLIQUE Er, mein Vater?

ARGAN Ja; das hat er dir nicht gesagt?

ANGÉLIQUE Nein; wer hat es Ihnen gesagt?

ARGAN Herr Doktor Purgon.

ANGÉLIQUE Kennt er ihn denn?

ARGAN Komische Frage! Er muß doch seinen Neffen kennen.

ANGÉLIQUE Cléante ist der Neffe des Herrn Doktor Purgon?

ARGAN Welcher Cléante? Wir reden von dem jungen Mann, der um dich angehalten hat.

ANGÉLIQUE Ja, gewiß.

ARGAN Ja, gewiß, und das ist Doktor Purgons Neffe, der Sohn seines Schwagers Doktor Diafoirus, und er heißt Thomas, nicht Cléante. Wir haben uns heute vormittag über alles geeinigt, Doktor Purgon, Magister Fleurant und ich. Morgen wird mir der Bräutigam von seinem Vater vorgeführt. Was hast du? Du bist ja ganz fassungslos.

ANGÉLIQUE Weil ich merke, daß Sie einen anderen meinen als ich.

TOINETTE Wie? Sie haben sich diesen grotesken Plan ausgedacht, gnädiger Herr? Ein so vermögender Mann will seine Tochter einem Arzt geben?

ARGAN Jawohl. Was geht's dich an, du schamlose Hexe?

TOINETTE Sachte, sachte! Nicht immer gleich drauflosschimpfen! Müssen wir denn aufeinander losgehen? Können wir nicht in aller Ruhe ein Gespräch führen? Also: welche Gründe haben Sie zugunsten dieser Heirat aufzuzählen?

ARGAN Daß ich, krank und schwach, wie ich bin, Ärzte in der Familie brauche, als Bundesgenossen gegen meine Leiden. Die Quellen der Linderung, die für mich unentbehrlich sind, sollen mir in meinem Haus zur Verfügung sein: Beistand, Zuspruch und Verschreibungen.

TOINETTE Das sind prächtige Gründe, um schön der Reihe nach widerlegt zu werden. Hand aufs Herz, gnädiger Herr: sind Sie krank?

ARGAN Was, du Verbrecherin, ob ich krank bin ... ob ich krank bin, du impertinentes Geschöpf?

TOINETTE Also gut, gnädiger Herr, Sie sind krank, darüber wollen wir nicht streiten. Ja, Sie sind schwer krank, ich bin einverstanden, Sie sind viel kränker, als Sie ahnen, das soll mir recht sein. Aber das gnädige Fräulein wird ja einen Mann bekommen, und das gnädige Fräulein ist nicht krank, also muß man ihr keinen Arzt geben.

ARGAN Ich gebe ihr diesen Arzt für mich; jede wohlgeratene Tochter hat mit Vergnügen alles zu tun, was der Gesundheit ihres Vaters förderlich ist.

TOINETTE Darf ich Ihnen, bitte, als Ihre gute Freundin einen guten Rat geben, gnädiger Herr?

ARGAN Nämlich?

TOINETTE Schlagen Sie sich diese Heirat aus dem Kopf.

ARGAN Und aus welchem Grund sollte ich das?

TOINETTE Aus dem Grund, daß Ihre Tochter nicht zustimmen wird.

ARGAN Sie wird ...

TOINETTE ... nicht zustimmen.

ARGAN Meine Tochter?

TOINETTE Ihre Tochter. Sie wird sagen, daß sie weder mit dem alten Diafoirus etwas zu tun haben will noch mit seinem Sohn Thomas noch mit irgendeinem anderen Diafoirus.

ARGAN Aber ich will zu tun haben; und außerdem ist die Partie besser, als man denkt. Doktor Diafoirus hat nur diesen Sohn als Erben ..., überdies vermacht Doktor Purgon, der weder Frau noch Kinder hat, seinem Neffen und Angélique sein ganzes Vermögen. Doktor Purgon hat an die dreitausend Taler Zinsen im Jahr.

TOINETTE Um so reich zu sein, muß man viele Menschen umgebracht haben.

ARGAN Dreitausend Taler Zinsen im Jahr, das ist etwas! Vom Vermögen des Schwiegervaters ganz abgesehen.

TOINETTE Gut und schön, gnädiger Herr, aber, ganz unter uns, ich bleibe doch dabei und rate Ihnen: geben Sie dem gnädigen Fräulein einen anderen Mann. Sie taugt nicht dazu, Frau Diafoirus zu sein.

ARGAN Und ich will es so.

TOINETTE Pfui, das mag ich nicht hören.

ARGAN Du magst es nicht hören?

TOINETTE Nein.

ARGAN Und warum?

TOINETTE Weil niemand glauben wird, daß es Ihr Ernst ist.

ARGAN Man soll glauben, was man will; ich erkläre hiermit: das Wort, das ich gegeben habe, wird gehalten.

TOINETTE Nein, nein, ich weiß ganz genau: das Fräulein wird es nicht tun.

ARGAN Ich zwinge sie.

TOINETTE Sie tut es nicht, sage ich Ihnen.

ARGAN Sie tut es, sonst schicke ich sie ins Kloster.

TOINETTE Sie?

ARGAN Ich.

TOINETTE Gut.

ARGAN Gut?

TOINETTE Sie werden sie nicht ins Kloster schicken.

ARGAN Ich werde sie nicht ins Kloster schicken?

TOINETTE Nein.

ARGAN Nein?

TOINETTE Nein.

ARGAN Doch! Das ist ja ein Witz: ich werde meine Tochter nicht ins Kloster schicken, wenn ich will?

TOINETTE Nein, sage ich.

ARGAN Wer soll mich hindern?

TOINETTE Sie selbst.

ARGAN Ich?

TOINETTE Ja; Sie werden nicht das Herz dazu haben.

ARGAN Ich werde es haben.

TOINETTE Lächerlich!

ARGAN Irrtum!

TOINETTE Die väterliche Zärtlichkeit wird Sie überkommen.

ARGAN Sie wird mich nicht überkommen.

TOINETTE Ein paar Tränen, die Arme um den Hals geschlungen, »mein lieber, guter Papa!«, zärtlich ins Ohr geflüstert *sie spielt die Szene* – das muß Sie doch rühren.

ARGAN Das läßt mich kalt.

TOINETTE Doch, doch.

ARGAN Ich bin fest entschlossen, sage ich dir.

TOINETTE Unsinn.

ARGAN Bitte, sag nicht »Unsinn«!

TOINETTE Mein Gott, ich kenne Sie doch, Sie sind im Grund gutmütig.

ARGAN *heftig* Nein, ich bin gar nicht gutmütig. Ich bin böse, wenn ich will.

TOINETTE Sachte, gnädiger Herr, vergessen Sie nicht, daß Sie krank sind.

ARGAN *fällt sofort kraftlos in den Fauteuil zurück* Ich befehle kategorisch, daß sie sich auf den Mann, den ich für sie bestimmt habe, vorbereitet.

TOINETTE Und ich verbiete es ihr kategorisch.

ARGAN Wohin sind wir denn geraten? Seit wann wagt es so ein unverschämtes Scheusal von Dienerin, derart vor ihrem Herrn zu sprechen?

TOINETTE Wenn der Herr nicht überlegt, was er tut, darf eine gescheite Dienerin ihn zur Vernunft bringen.

ARGAN *stürzt auf sie los* Du lästige Wanze, ich zerquetsche dich!

TOINETTE *weicht aus* Es ist meine Pflicht, alles zu verhindern, was Ihnen Schande machen würde.

ARGAN *verfolgt sie, den Stock in der Hand, rund um den Fauteuil* Warte, warte, ich werde dich reden lehren!

TOINETTE Ich lasse Sie keine Dummheiten machen, dazu bin ich da.

ARGAN Du Untier!

TOINETTE Und ich werde diese Heirat nie zulassen.

ARGAN Du Ungeheuer!

TOINETTE Ich will nicht, daß sie diesen Diafoirus junior heiratet.

ARGAN Du Aas!

TOINETTE Mir folgt sie eher als Ihnen. *sie ist ihm immer wieder geschickt auf die jeweils andere Seite des Fauteuils ausgewichen*

ARGAN Angélique, willst du diese Verbrecherin nicht fangen?

ANGÉLIQUE Lieber Vater, bitte, übernehmen Sie sich nicht.

ARGAN Wenn du sie nicht fängst, verstoße ich dich.

TOINETTE Und wenn sie Ihnen folgt, enterbe ich sie.

ARGAN *gibt die Verfolgung auf, sinkt ermattet in den Fauteuil* Ich kann nicht mehr. Das wird mich noch umbringen.

Sechste Szene

Béline, Angélique, Toinette, Argan

ARGAN Da bist du ja – komm näher, meine liebe Frau.

BÉLINE Was hast du denn, liebster Mann?

ARGAN Du mußt mir helfen.

BÉLINE Was fehlt ihm denn, meinem kleinen Jungen?

ARGAN Liebste!

BÉLINE Bester!

ARGAN Ich hab' mich so aufgeregt.

BÉLINE Ach, du armer Kleiner, worüber denn, mein Lieber?

ARGAN Deine impertinente Toinette war so unverschämt wie noch nie.

BÉLINE Beruhige dich doch, bitte.

ARGAN Sie hat mich so schrecklich geärgert, Liebste.

BÉLINE Nur nicht aufregen, mein Junge!

ARGAN Eine Stunde lang hat sie alle meine Projekte schlechtgemacht.

BÉLINE Schön ruhig! Ganz ruhig!

ARGAN Sie hat sich unterstanden zu sagen, daß ich gar nicht krank bin.

BÉLINE Eine Gemeinheit!

ARGAN Du weißt, mein Herz, wie es wirklich ist.

BÉLINE Ja, mein Herz, sie hat unrecht.

ARGAN Ach, mein Schatz, diese Schlange wird mich umbringen.

BÉLINE Ich bitte dich!

ARGAN Sie ist schuld, daß immer so viel Galle abgeht.

BÉLINE Du darfst dich nicht aufregen.

ARGAN So oft habe ich dir schon gesagt, daß du sie mir hinauswerfen sollst.

BÉLINE Du lieber Gott, mein Junge, es gibt doch keine Diener ohne schlechte Eigenschaften. Um der Vorteile willen muß man ihre Fehler ertragen. Diese Person ist geschickt, gewissenhaft, fleißig, sie ist vor allem treu, und man muß heutzutage so vorsichtig sein, wenn man Leute ins Haus nimmt. – Toinette.

TOINETTE Gnädige Frau.

BÉLINE Warum ärgern Sie den gnädigen Herrn?

TOINETTE *scheinheilig* Aber, gnädige Frau, ich verstehe gar nicht, was Sie meinen – ich will ja den gnädigen Herrn immer nur zufriedenstellen.

ARGAN Diese Schwindlerin!

TOINETTE Er hat uns gesagt, daß er das gnädige Fräulein mit dem jungen Diafoirus verheiraten will; ich habe geantwortet, daß ich das für sehr günstig halte, daß es aber noch besser wäre, sie ins Kloster zu schicken.

BÉLINE Das ist doch nichts Böses; ich finde: sie hat ganz recht.

ARGAN Was? Du glaubst ihr, mein Liebling? Sie ist eine bösartige Kreatur und hat mir hundert Unverschämtheiten ins Gesicht gesagt.

BÉLINE Schon gut, ich glaube dir ja, mein Lieber. Jetzt erhole dich. Und du, Toinette, hör gut zu: Wenn du den gnädigen Herrn noch *ein* Mal ärgerst, werfe ich dich hinaus. So, gib mir seine Pelzjacke und ein paar Kissen, daß ich's ihm schön bequem mache. – Wie sitzt du denn da?! – Zieh die Mütze schön über die Ohren; man erkältet sich so leicht, wenn die Zugluft an die Ohren kommt.

ARGAN Oh, Liebste, ich bin dir ja so dankbar für deine große Sorgfalt.

BÉLINE *placiert Kissen rund um Argan, nötigt ihn, sich zu erheben, und schiebt eines unter ihn* So! Und dieses hier auf der anderen Seite. Und dieses für den Rücken. Und dieses unter den Kopf.

TOINETTE *stülpt sehr unsanft ein Kissen über seinen Kopf* Und dieses hier gegen den Nebel. *sie flüchtet*

ARGAN *springt zornig auf und wirft mit den Kissen nach Toinette* Du willst mich ersticken, du Rabenaas.

BÉLINE Was denn, was denn, was soll das heißen?

ARGAN *außer Atem, läßt sich in den Fauteuil fallen* Ach Gott, ach Gott, ich kann nicht mehr.

BÉLINE Warum denn so hitzig? Sie hat es ja gut gemeint.

ARGAN Liebling, du weißt nicht, wie hinterlistig diese Bestie ist. Sie macht mich rasend. Jetzt brauche ich achterlei Mittel und ein Dutzend Einläufe, um wieder auf gleich zu kommen.

BÉLINE Na, na, mein lieber Kleiner, sei wieder freundlich.

ARGAN Du, mein Schatz, du bist mein einziger Trost.

BÉLINE Armes Kind!

ARGAN Und zur Belohnung für deine Liebe, mein Herz, will ich jetzt, ganz wie besprochen, mein Testament aufsetzen.

BÉLINE Bitte, mein Freund, sprechen wir darüber nicht. Der Gedanke wäre mir unerträglich. Allein das Wort »Testament« macht mich vor Schmerzen zittern.

ARGAN Ich habe dich aber gebeten, die Angelegenheit mit deinem Notar zu besprechen.

BÉLINE Er wartet draußen; ich habe ihn mitgebracht.

ARGAN Dann hol ihn herein, Liebste.

BÉLINE Ach, mein Freund, wenn man seinen Mann lieb hat, kann man an all das überhaupt nicht denken.

Siebente Szene

Herr de Bonnefoy, Béline, Argan

ARGAN Kommen Sie doch herein, Herr de Bonnefoy, kommen Sie zu mir her, bitte, nehmen Sie hier Platz. Von meiner Frau weiß ich, daß Sie ein hochachtbarer Mann sind und ihr zudem als Freund nahestehen. Auf meinen Wunsch soll sie mit Ihnen über mein geplantes Testament sprechen.

BÉLINE Ach, ich bin einfach nicht imstande, über derlei Dinge zu sprechen.

HERR DE BONNEFOY Die Dame hat mich über Ihre Absichten unterrichtet, mein Herr, insbesondere über Ihre Projekte ihr gegenüber; ich muß Ihnen in diesem Zusammenhang eröffnen, daß Sie Ihrer Ehegattin nichts hinterlassen können.

ARGAN Ja, warum denn?

HERR DE BONNEFOY Das Gewohnheitsrecht spricht dagegen. Im Geltungsbereich des kodifizierten Rechtes wäre es ausführbar, nicht so in Paris wie in vielen anderen Gegenden; hier wäre die Verfügung nichtig. Ehegatten können einander materielle Zuwendungen nur durch Schenkung zu Lebzeiten machen, und auch das nur, wenn im Zeitpunkt des Todes des ersten der beiden Ehegatten keine lebenden Kinder vorhanden sind, sei es aus dieser, sei es aus einer früheren Ehe. So bestimmt es das Gewohnheitsrecht.

ARGAN Das ist aber eine schlechte Gewohnheit; ein Mann kann seiner Frau nichts hinterlassen, wenn sie sich noch so sehr um ihn bemüht und ihn zärtlich liebt? Ich möchte mich bei meinem Anwalt erkundigen, was ich tun soll.

HERR DE BONNEFOY Man geht besser nicht zu Advokaten. Sie sind in dieser Hinsicht gewöhnlich rigoros, und wenn sich jemand gegen das Gesetz vergeht, tun sie, als wäre das ein großes Verbrechen. Sie lieben die Schwierigkeiten und verstehen sich nicht auf kleine harmlose Manöver. Man muß anpassungsfähigere Persönlichkeiten befragen, die aus Erfahrung wissen, wie man ganz sachte ein wenig über ein Gesetz hinausgeht und das, was verboten ist, legalisiert, Persönlichkeiten, die jede Schwierigkeit eines Rechtsgeschäftes aus dem Weg räumen und Kunststücke kennen, um das Gewohnheitsrecht zu umgehen. Wohin käme man denn sonst immer wieder? Man muß sich zu helfen wissen, sonst erreicht man nichts, und unser Beruf wäre nicht einen Sou wert.

ARGAN Meine Frau hat mir schon gesagt, daß Sie überaus geschickt sind, Herr Notar, und ein hochachtbarer Mann. Wie kann ich es, bitte, einrichten, daß meine Frau das Erbe bekommt und meine Kinder leer ausgehen?

HERR DE BONNEFOY Wie Sie es einrichten können? Suchen Sie

in aller Stille einen intimen Freund Ihrer Frau Gemahlin und vermachen Sie ihm in aller Form den zulässigen Höchstbetrag. Dieser Freund gibt dann alles an Ihre Frau Gemahlin weiter. Sie können sich auch eine Anzahl von Schuldscheinen ausstellen lassen, die unverdächtig wirken; Freunde unterschreiben anstelle Ihrer Frau Gemahlin und übergeben ihr gleichzeitig eine Erklärung, daß sie das nur ihr zuliebe getan haben. Ferner können Sie Ihrer Frau Gemahlin zu Ihren Lebzeiten unbeschränkt Bargeld übergeben, oder Wechsel, die auf den Inhaber ausgestellt sind.

BÉLINE *hat Herrn de Bonnefoy, ohne daß Argan es merkte, zu erkennen gegeben, daß die letzterwähnte Variante ihr zusagt* Ach Gott, das alles soll dich nicht belasten, mein Junge. Wenn geschieht, was geschehen muß, will ich auch nicht mehr auf der Welt sein.

ARGAN Du Gute!

BÉLINE Ja, mein Guter, wenn ich vom Unglück heimgesucht werde und dich verliere . . .

ARGAN Meine liebe Frau!

BÉLINE Das Leben wird keinen Wert mehr für mich haben.

ARGAN Liebste!

BÉLINE Und ich folge dir nach, damit du merkst, wie zärtlich ich dir zugetan bin.

ARGAN Du brichst mir das Herz, mein Schatz. Bitte, sei nicht traurig.

HERR DE BONNEFOY Die Tränen kommen zu früh. Wir sind noch nicht soweit.

BÉLINE Ach, Herr Notar, was wissen denn Sie von einem Ehegatten, der zärtlich geliebt wird?!

ARGAN Wenn ich sterbe, wird es mein großer Schmerz sein, mein Schatz, daß wir kein Kind haben. Doktor Purgon hat gemeint, daß ich eines machen soll.

HERR DE BONNEFOY Dazu könnte es noch kommen.

ARGAN Ich muß mein Testament auf die Art aufsetzen, wie es der Herr Notar sagt, mein Liebstes; aber zur Vorsicht will ich dir sechstausend Taler in Gold aus meinem Geheimfach im Alkoven übergeben und zwei Wechsel, die auf den Inhaber ausgestellt sind; der eine Schuldner ist Herr Damon, der andere Herr Gérante.

BÉLINE Nein, nein, das alles will ich nicht. Wieviel, sagst du, hast du im Alkoven?

ARGAN Sechstausend Taler, mein Schatz.

BÉLINE Bitte, sprich nicht vom Geld. Und wie hoch sind die Wechsel?

ARGAN Der eine fünfzehnhundert Taler, Liebste, der andere zweitausend.

BÉLINE Alle Güter der Welt, mein Schatz, sind nichts, wenn ich dich dafür hergeben muß.

HERR DE BONNEFOY Sollen wir jetzt das Testament aufsetzen?

ARGAN Ja, Herr Notar; aber das tun wir besser dort nebenan. *er ist von selbst aufgestanden, besinnt sich dann, schwankt und ergreift hilfesuchend Bélines Arm* Bitte, führ mich hinüber, Liebste.

BÉLINE Komm, mein armer Kleiner. *ohne daß Argan es merkt, holt sie einen Geldbeutel aus ihrem Ausschnitt und steckt ihn Herrn de Bonnefoy zu*

Achte Szene

Angélique, Toinette

TOINETTE Jetzt ist der Notar im Haus, und ich habe etwas von einem Testament gehört. Die Stiefmutter schläft nicht; sicher verleitet sie jetzt Ihren Vater dazu, Sie zu benachteiligen.

ANGÉLIQUE Über das Vermögen soll sie verfügen, wie sie will, wenn sie nur nicht über mein Herz verfügt. Du siehst ja, Toinette, daß man es mit Gewalt bedrohen will. Ich bitte dich: verlaß mich nicht in dieser äußersten Gefahr.

TOINETTE Ich – ich sollte Sie verlassen? Nein, da würde ich eher sterben. Und wenn Ihre Stiefmutter mich auch ins Vertrauen zieht und mich für ihre Interessen einspannen möchte:

ich habe sie von Anfang an nicht leiden können und war gleich auf Ihrer Seite. Verlassen Sie sich nur auf mich, ich tue für Sie alles, was ich kann; aber mir scheint: es ist jetzt besser, wenn ich meine Taktik ändere und meine Sympathie für Sie nicht merken lasse. Ich will so tun, als wäre ich auf der Seite Ihres Vaters und seiner Frau.

ANGÉLIQUE Ich flehe dich an, versuche doch, Cléante wissen zu lassen, daß man mich verheiraten will.

TOINETTE Ich weiß nur einen, den ich damit beauftragen kann, einen alten Wucherer, der mich verehrt; es wird mich einige Schmeicheleien kosten, aber die soll's mir wert sein. Heute ist's schon zu spät; morgen, gleich in aller Früh, schicke ich nach ihm, und er wird entzückt sein ...

BÉLINE Toinette!

TOINETTE Man ruft mich. Gute Nacht, und verlassen Sie sich auf mich.

Zweiter Akt

Erste Szene

Toinette, Cléante

TOINETTE Was wünschen Sie, mein Herr?

CLÉANTE Was ich wünsche?

TOINETTE Oh, Sie sind es?! So eine Überraschung! Was wünschen Sie?

CLÉANTE Mein Schicksal will ich erfahren, mit der reizenden Angélique sprechen, die Regungen ihres Herzens erkunden, sie fragen, wie sie über das gräßliche Heiratsprojekt denkt, von dem man mich benachrichtigt hat.

TOINETTE Ja, aber man kommt nicht so ohne weiteres zu einem Gespräch mit Angélique; dazu sind Heimlichkeiten nötig. Sie wissen ja, daß sie streng bewacht wird, daß sie nicht ausgehen und mit niemandem sprechen darf. Nur dank der Neugier einer alten Tante durften wir damals ausnahmsweise das Theater besuchen, und dort sind Sie von Ihrer Leidenschaft ergriffen worden; aber wir haben uns gehütet, das zu verraten.

CLÉANTE Ich komme ja nicht als Cléante, der sie liebt, sondern als Freund ihres Musikmeisters, der mir gestattet, seine Stelle einzunehmen.

TOINETTE Der Vater! Ziehen Sie sich zurück, ich melde Sie an.

Zweite Szene

Argan, Toinette, Cléante

ARGAN Herr Doktor Purgon hat gemeint, ich sollte morgens in meinem Zimmer auf und ab gehen, zwölfmal auf, zwölfmal ab; aber ich habe vergessen, ihn zu fragen, ob der Länge oder der Breite nach.

TOINETTE Gnädiger Herr, hier ist ein ...

ARGAN Nicht so laut, du schreckliche Person, du bringst mir meinen Kopf ganz durcheinander; weißt du denn nicht, daß man Kranke nicht anbrüllen darf?

TOINETTE Ich wollte Ihnen sagen, gnädiger Herr ...

ARGAN Leiser!

TOINETTE Gnädiger Herr ... *sie bewegt tonlos die Lippen*

ARGAN Was?

TOINETTE Ich sage Ihnen, daß ... *wie oben*

ARGAN Was sagst du?

TOINETTE *wieder laut* Ein Herr möchte mit Ihnen sprechen.

ARGAN Er soll kommen.

CLÉANTE *nähert sich auf Toinettes Zeichen* Mein Herr ...

TOINETTE *schalkhaft* Nicht so laut. Sie bringen den Kopf des gnädigen Herrn durcheinander.

CLÉANTE Mein Herr, ich bin glücklich, Sie außer Bett anzutreffen und zu sehen, daß Sie sich besser fühlen.

TOINETTE *mit gespieltem Zorn* Was? Er fühlt sich besser? Stimmt nicht: der gnädige Herr fühlt sich immer schlecht.

CLÉANTE Ich hörte, daß es Herrn Argan besser geht, und ich finde, daß er gut aussieht.

TOINETTE Was heißt das? Gut aussieht? Der gnädige Herr sieht miserabel aus, und das sind böse Zungen, die Ihnen das Gegenteil aufgebunden haben. Es ist ihm noch nie so schlecht gegangen.

ARGAN Sie hat recht.

TOINETTE Er geht, er schläft, er ißt und trinkt wie jeder andere; aber das macht nichts, er ist schwer krank.

ARGAN Das stimmt.

CLÉANTE Ich bin untröstlich, mein Herr. Ich komme im Auftrag des Gesangslehrers Ihrer Tochter. Er war genötigt, sich für einige Tage aufs Land zu begeben. Und an seiner Stelle entsendet er mich, seinen vertrauten Freund, um den Unterricht fortzusetzen, da Ihr Fräulein Tochter mangels regelmäßiger Lektionen vergessen könnte, was sie bereits erlernt hat.

ARGAN Sehr gut. Rufe Angélique.

TOINETTE Ich glaube, gnädiger Herr, daß es besser wäre, den Herrn in das Zimmer des gnädigen Fräuleins zu führen.

ARGAN Nein, sie soll herkommen.

TOINETTE Wenn sie nicht ungestört sind, kann er sie nicht ordentlich unterrichten.

ARGAN Doch, doch.

TOINETTE Aber, gnädiger Herr, das wird Sie rasend machen; in Ihrem Zustand müssen Sie alles vermeiden, was Sie aufregt und Ihren Kopf durcheinander bringt.

ARGAN Nein, nein; ich liebe die Musik, und es ist mir sehr ... da ist sie ja. Geh und sieh nach, ob meine Frau schon aufgestanden ist.

Dritte Szene

Argan, Angélique, Cléante

ARGAN Komm, mein Kind: dein Musiklehrer ist auf dem Land, und diesen Herrn schickt er als Vertreter, um dir etwas beizubringen *er setzt das Aufundabgehen fort*

ANGÉLIQUE Himmel!

ARGAN Was denn? Worüber staunst du?

ANGÉLIQUE Weil ...

ARGAN Du bist ja ganz außer dir.

ANGÉLIQUE Weil ... Welch ein überraschendes Zusammentreffen, mein Vater!

ARGAN Was heißt das?

ANGÉLIQUE Ich träumte heute nacht, daß ich mich in allerhöchster Gefahr befand. Da stand einer, der genauso aussah wie dieser Herr, vor mir, ich bat ihn um Hilfe, und er rettete mich aus meiner Not. So war ich höchst erstaunt, als ich in dieses Zimmer trat und ganz unerwartet vor mir sah, was die ganze Nacht meine Gedanken erfüllt hatte.

CLÉANTE Es ist kein Unglück, Ihre Phantasie zu beschäftigen, ob Sie nun schlafen oder wachen; und meine Freude wäre gewiß groß, befänden Sie sich in einer Notlage, aus der Sie zu befreien Sie mich für würdig hielten. Nichts gibt es, was ich nicht für ...

Vierte Szene

Toinette, Cléante, Angélique, Argan

TOINETTE Meiner Treu, gnädiger Herr, jetzt bin ich auf Ihrer Seite und nehme alles zurück, was ich gestern gesagt habe. Herr Doktor Diafoirus und Herr Diafoirus junior sind hier und möchten Sie besuchen. Oh, das wird ein prächtiger Schwiegerzuwachs! Sie bekommen den hübschesten Jungen der Welt zu sehen – und den geistreichsten. Er hat kaum zwei Worte gesagt, aber die waren einfach köstlich. Unser Fräulein wird von ihm begeistert sein.

ARGAN *zu Cléante, der sich zurückziehen will* Bitte, gehen Sie doch nicht fort, mein Herr. Ich verheirate nämlich meine Tochter; und eben führt man mir den Zukünftigen vor, den sie noch nicht kennt.

CLÉANTE Welche Ehre für mich, mein Herr, daß ich Zeuge einer so erfreulichen Begegnung sein darf.

ARGAN Er ist der Sohn eines tüchtigen Arztes; die Trauung findet in vier Tagen statt.

CLÉANTE Sehr schön.

ARGAN Verständigen Sie den Musiklehrer, daß er zu der Hochzeit kommen soll.

CLÉANTE Ich werde es nicht verfehlen.

ARGAN Ich lade Sie auch ein.

CLÉANTE Sie überhäufen mich, mein Herr.

TOINETTE Platz, da kommen sie.

Fünfte Szene

Doktor Diafoirus, Thomas Diafoirus, Argan, Angélique, Cléante, Toinette

ARGAN Ihr Kollege Purgon hat mir verboten, den Kopf zu entblößen. Sie sind vom Fach, Sie kennen die Folgen.

DOKTOR DIAFOIRUS Jeder unserer Besuche soll den Kranken Hilfe bringen und nicht Unannehmlichkeiten. *Von hier an sprechen Argan und Doktor Diafoirus immer wieder zugleich und hören immer wieder zugleich auf*

ARGAN Ich begrüße Sie ...

DOKTOR DIAFOIRUS Wir sind hierhergekommen ...

ARGAN ... mit allergrößter Freude ...

DOKTOR DIAFOIRUS ... mein Sohn Thomas und ich ...

ARGAN ... die große Ehre, die Sie uns ...

DOKTOR DIAFOIRUS ... um Ihnen, Verehrter ...

ARGAN ... ich hätte gewünscht ...

DOKTOR DIAFOIRUS ... unsere Freude zu bezeigen ...

ARGAN ... zu Ihnen zu kommen ...

DOKTOR DIAFOIRUS ... über Ihr großes Entgegenkommen ...

ARGAN ... um Ihnen zu versichern ...

DOKTOR DIAFOIRUS ... uns mit so viel Ehren ...

ARGAN ... aber es ist Ihnen ja bekannt ...

DOKTOR DIAFOIRUS ... hier bei sich zu empfangen ...

ARGAN ... was ein armer Kranker ist ...

DOKTOR DIAFOIRUS ... und der Verbindung zuzustimmen ...

ARGAN ... dem nichts anderes übrigbleibt ...

DOKTOR DIAFOIRUS ... und wir versichern Ihnen ...

ARGAN ... als Ihnen hier zu sagen ...

DOKTOR DIAFOIRUS ... daß in allen Fragen unseres Standes ...

ARGAN ... daß er jede Gelegenheit wahrnehmen wird ...

DOKTOR DIAFOIRUS ... so wie auch in allen anderen Fragen ...

ARGAN ... um Ihnen zu verstehen zu geben ...

DOKTOR DIAFOIRUS ... wir stets zu Ihrer Verfügung stehen ...

ARGAN ... daß er stets zu Ihrer Verfügung steht.

DOKTOR DIAFOIRUS ... um Ihnen zu Diensten zu sein.

DOKTOR DIAFOIRUS *wendet sich seinem Sohn zu* Komm, Thomas, sag deinen Spruch.

THOMAS DIAFOIRUS *ein langer Dummkopf, eben aus der Schule gekommen, der alles ungeschickt und im unrechten Augenblick tut* Erst dem Vater, Papa?

DOKTOR DIAFOIRUS Ja.

THOMAS DIAFOIRUS Mein Herr, ich grüße, verehre, anerkenne und erkenne Sie als den zweiten Vater, aber einen zweiten Vater, dem, wenn ich so sagen darf, ich mehr Schuldigkeit zolle als dem ersten. Der erste hat mich bekommen müssen. Aber Sie haben mich ausgesucht. Der erste hat mich gezeugt, aber Sie empfangen mich. Was habe ich von ihm? Ein Ergebnis seines Körpers. Aber von Ihnen? Ein Ergebnis Ihres Willens. Und um so höher die geistigen Fähigkeiten über den körperlichen stehen, um so höher schätze ich die zukünftige Kindlichkeit, für die ich mir Ihnen voll Ehrfurcht und Ehrerbietung hiermit schon im voraus meine Ehrerbietung darzubringen die Ehre nehme.

TOINETTE Ein Hoch den Hohen Schulen, die solch einen gewandten Jüngling entlassen!

THOMAS DIAFOIRUS Ist es gut gewesen, Papa?

DOKTOR DIAFOIRUS Optime.

ARGAN *zu Angélique* Jetzt begrüße den jungen Herrn.

THOMAS DIAFOIRUS Soll ich sie küssen?

DOKTOR DIAFOIRUS Ja.

THOMAS DIAFOIRUS *will sie auf die Stirn küssen, sie weicht in einen Knicks aus, so daß er das Gleichgewicht verliert* Gnädige Frau, ich verehre, ehre, erkenne und anerkenne in Ihnen die zweite Mutter, aber . . .

ARGAN Das ist meine Tochter, nicht meine Frau.

THOMAS DIAFOIRUS Wo ist sie denn?

ARGAN Sie kommt gleich.

THOMAS DIAFOIRUS Soll ich warten, daß sie kommt, Papa?

DOKTOR DIAFOIRUS Sag jetzt dem Fräulein deinen Spruch.

THOMAS DIAFOIRUS Mein Fräulein, nicht mehr und nicht weniger als die Statue des Memnon einen harmonischen Ton, wenn sie durch die Strahlen der Sonne getroffen wurde, laut werden ließ, fühle ich mich, wenn die Sonne Ihrer Schönheit mir scheint, getroffen von einem süßen Beben. Und so wie die Botanik zu berichten weiß, daß die Pflanze namens Heliotrop ununterbrochen sich zu dem erwähnten Gestirn dreht, dreht sich mein Herz vorwegnehmend immer zu dem herrlichen Himmelskörper Ihrer Augen als auf einen magnetischen Pol. Erlauben Sie in diesem

Sinne, mein Fräulein, daß ich heute auf dem Altare Ihres Reizes die Gabe dieses Herzens niederlege, welches keinen anderen Atemzug und keine andere Auszeichnung herbeisehnt als die Ehre zu haben, Ihr sehr ergebener Diener und gehorsamer Diener und getreuer Diener und Gatte zu sein.

TOINETTE *schalkhaft* Ja, ja, das kommt vom Studium, da lernt man, sich gewählt auszudrücken.

ARGAN *zu Cléante* Was sagen Sie dazu?

CLÉANTE Daß der junge Herr wahre Wunder vollbringt und daß es, wenn er als Arzt so tüchtig ist wie als Redner, ein Vergnügen sein muß, von ihm behandelt zu werden.

TOINETTE Ganz gewiß. Das muß wunderbar sein, wenn seine Diagnosen so schön sind wie seine Reden.

ARGAN Schnell, schnell, mein Fauteuil – und Sitzgelegenheiten für alle! – Sie sehen, Herr Doktor, wie jeder Ihren Herrn Sohn bewundert; Sie sind als Vater eines solchen Jünglings sehr glücklich zu preisen.

DOKTOR DIAFOIRUS Mein Herr, ich sage es nicht, weil ich der Vater bin, aber ich habe wirklich allen Anlaß, mit ihm zufrieden zu sein, und wer ihn sieht, der rühmt ihn als einen herzensguten Jungen. Er besaß nie eine besonders lebhafte Phantasie und ist auch nicht gerade ein Feuergeist, dafür halte ich aber sehr viel von seiner Urteilskraft, und die ist für die Ausübung unserer Kunst sehr bedeutsam. Als Kind war er nie das, was man »lebhaft« und »aufgeweckt« nennt, sondern gleichmäßig still, friedlich und schweigsam, er sagte kein Wort und beschäftigte sich auch nicht mit dem, was man als die sogenannten Kinderspiele bezeichnet. Es war sehr, sehr mühsam, ihm das Lesen beizubringen, und mit neun Jahren konnte er die Buchstaben noch nicht unterscheiden. Gut, dachte ich, was lange währt, wird gut, und in Marmor gräbt man die Schrift mühsamer ein als in Sand, aber dafür bleibt sie dort länger bestehen, und diese Langsamkeit im Begreifen, diese Schwerfälligkeit der Phantasie verbürgt eine künftige, sehr gediegene Urteilskraft. Als ich ihn dann studieren ließ, hatte er große Schwierigkeiten, aber er kämpfte tapfer gegen alle Widerstände, und die Lehrer rühmten seine Hartnäckigkeit und seine Arbeitsamkeit. Schließlich und endlich hat er dann dank seiner Beharrlichkeit doch das Examen erfolgreich bestanden, und ich kann ohne jede Eitelkeit sagen, daß sich in den zwei Jahren, seit er auf der Fakultät ist, kein Kandidat bei den gelehrten Disputationen heiserer geschrien hat als er. Er ist geradezu berüchtigt dafür, denn es findet sozusagen nichts statt, ohne daß er sich zum Wort meldet und unermüdlich den gegenteiligen Standpunkt vertritt. Er ist unerschütterlich in seinen Darlegungen, starrsinnig wie ein Türke in seinen Prinzipien, er läßt sich seine Meinung nie ausreden und verfolgt seine Gedankengänge bis in die letzten Schlupfwinkel der Logik. Was mir aber vor allem an ihm gefällt – und darin folgt er meinem Beispiel –, das ist, daß er die Begründungen und die Konsequenzen der sogenannten Entdeckungen unseres Jahrhunderts nie zur Kenntnis nehmen, ja: nicht einmal anhören wollte, mag es sich um den Blutkreislauf oder um anderes Zeug gleichen Kalibers handeln.

THOMAS DIAFOIRUS *holt eine große Schriftrolle aus der Tasche und präsentiert sie Angélique* Ich habe eine Schrift gegen den Blutkreislauf verfaßt, die ich mit Ihrer Erlaubnis, mein Herr, dem gnädigen Fräulein überreiche, als ehrerbietigen Tribut der Erstlinge meines Geistes.

ANGÉLIQUE Mein Herr, das ist für mich ein unnützes Requisit, ich verstehe nichts von diesen Dingen.

TOINETTE Her damit, es sieht hübsch aus und wird ein willkommener Zimmerschmuck sein.

THOMAS DIAFOIRUS Mit Ihrer Erlaubnis, mein Herr, lade ich das gnädige Fräulein ferner ein, dieser Tage, um sich ein wenig zu unterhalten, dem Sezieren einer weiblichen Leiche beizuwohnen, welches ich ausführe und kommentiere.

TOINETTE Das wird amüsant. Mancher Kavalier läßt seiner Dame eine Komödie vorspielen; aber Sezieren ist viel eleganter.

DOKTOR DIAFOIRUS Und was schließlich die Eigenschaften betrifft, die ihn für die Ehe und die Fortpflanzung befähigen, versichere ich Ihnen, daß er im Sinne unserer medizinischen Regeln so beschaffen ist, wie man es sich nur wünschen kann, daß er in anerkennenswertem Ausmaß über die Gaben der Zeugungsfähigkeit verfügt und über das erwünschte Temperament, um wohlgeratene Kinder zu produzieren und in die Welt zu setzen.

ARGAN Und haben Sie vor, Herr Doktor, ihn an den Hof zu bringen und für ihn dort die Betrauung mit einem Amt zu erwirken?

DOKTOR DIAFOIRUS Ehrlich gesagt: bei den hohen Herrschaften erscheint mir die Ausübung unserer Kunst recht undankbar, und ich fand es für unsereinen immer besser, öffentlich zu praktizieren. Bei gewöhnlichen Patienten haben wir es bequem. Wir sind niemandem für unser Tun Rechenschaft schuldig, und wenn man sich an die Regeln der Kunst zu halten pflegt, kann man allen Folgen getrost entgegensehen, während die hohen Herrschaften eine ärgerliche Gewohnheit haben: wenn sie erkranken, verlangen sie, daß die Ärzte sie gesund machen.

TOINETTE Das ist köstlich; man untersteht sich und will von den Doktoren gesund gemacht werden. Dazu sind die Ärzte doch wirklich nicht da, nein, sie haben Medikamente zu verschreiben und dafür Renten zu beziehen. Zum Gesundwerden sind die Patienten da, nicht die Ärzte.

DOKTOR DIAFOIRUS Sehr wahr. Man muß die Leute nur schulgerecht behandeln.

ARGAN *zu Cléante* Mein Herr, lassen Sie meine Tochter unseren Gästen etwas vorsingen.

CLÉANTE Ich war auf diesen Wunsch vorbereitet, mein Herr, und ich hatte den Einfall, daß ich zur Unterhaltung der Gesellschaft mit dem gnädigen Fräulein eine Szene aus einer kleinen Oper vortragen könnte, die kürzlich komponiert wurde. Hier ist Ihr Part, mein Fräulein.

ANGÉLIQUE Ich?

CLÉANTE Sträuben Sie sich, bitte, nicht und lassen Sie sich von mir erklären, worum es bei dieser Szene geht. Ich habe keine Singstimme; aber hier genügt es, daß ich einfach zu Gehör bringe, was nottut, und ich bitte um Vergebung, daß ich Anlaß nehme, das gnädige Fräulein zum Singen zu bringen.

ARGAN Ist der Text schön?

CLÉANTE Im Grund ist unsere kleine Oper eine Art Stegreifspiel; Sie werden keine formvollendeten Verse hören, sondern gesungene Prosa mit unregelmäßigem Rhythmus, so wie es eben die Umstände und die Zuneigung zwei Menschen eingeben, in eigener Sache ihre Gedanken unmittelbar laut werden zu lassen.

ARGAN Sehr schön. Hören wir uns das an.

CLÉANTE Es geht in dieser Szene darum, daß ein Schäfer aufmerksam ein schönes Schauspiel verfolgt, bald nach dessen Beginn aber durch ein Geräusch abgelenkt wird. Er wendet sich um und sieht einen Flegel, der eine Schäferin durch unverschämte Reden belästigt. Er nimmt sich ihrer sogleich an, wie es sich für jeden ehrenhaften Mann von selbst versteht, er läßt dem Bösewicht die verdiente Strafe zuteil werden, dann nähert er sich der Schäferin und erblickt ein junges Mädchen, das aus den schönsten Augen, die er je gesehen hat, Tränen fließen läßt, die allerschönsten Tränen der Welt. »Mein Gott«, denkt er, »wie kann man ein so liebenswürdiges Geschöpf kränken?! Welcher Unmensch, welcher Barbar bliebe von diesen Tränen ungerührt?!« Er läßt es sich angelegen sein, die schönsten aller Tränen versiegen zu machen; die liebenswürdige Schäferin läßt es sich gleichzeitig angelegen sein, ihm für seinen unbedeutenden Dienst so herzlich, so zärtlich, so innig zu danken, daß der Schäfer nicht ungerührt bleiben kann. Jedes ihrer Worte, jeder ihrer Blicke nährt die Flamme, die in seinem Herzen immer stärker entbrennt. »Wie verdiene ich«, so fragt er sich, »diese reizenden Worte des Dankes? Was würde ich nicht alles tun, welche Dienste, welche Gefahren würde ich nicht mit Begeisterung auf mich nehmen, um nur einen Augenblick lang den rührenden Ausdruck so holdseliger Erkenntlichkeit zu erwirken?« Das Schauspiel geht vorüber, ohne daß er ihm Aufmerksamkeit schenkt, doch er findet es viel zu kurz, denn sein Ende trennt ihn von der anmutigen Schäferin; und seit jener ersten Begegnung, seit jenem ersten Augenblick ist er erfüllt von einer Gewalt, wie die Liebe sie in vielen Jahren nicht heftiger zu steigern vermocht hätte. Schon fühlt er alle Qualen der Abwesenheit, es peinigt ihn, nicht mehr sehen zu können, was er nur allzu kurze Zeit sehen konnte. Alles

Erdenkliche versucht er, um den Anblick wieder zu erleben, der Tag und Nacht seine Gedanken verklärt; aber der strenge Zwang, dem seine Schäferin unterworfen ist, beraubt ihn aller Möglichkeiten. Von äußerster Leidenschaft verzehrt, will er um die Hand der Schönen anhalten, ohne die er nicht mehr leben kann, und durch ein geschickt geschmuggeltes Briefchen ermächtigt sie ihn zu diesem Schritt. Gleichzeitig aber teilt man ihm mit, daß der Vater der Schönen ihre Heirat mit einem anderen beschlossen hat und daß schon alles für die Verlobungsfeier vorbereitet ist. Welche Marter für das Herz des betrübten Schäfers! Tödlicher Schmerz sucht ihn heim; der Gedanke, sie, die er so sehr liebt, in den Armen eines anderen zu sehen, ist ihm unerträglich, und in seiner Verzweiflung verschafft er sich Zutritt in das Haus seiner Schäferin, um ihren Sinn zu erkunden und von ihr zu erfahren, welches Los ihm bestimmt ist. Er gewahrt die Anstalten zu dem Schritt, den er befürchtet, er sieht, wie väterliche Willkür einem unwürdigen Nebenbuhler zuliebe seiner zärtlichen Neigung die Erfüllung versagt, sieht diese lächerliche Figur sich im Triumph der reizenden Schäferin wie einer sicheren Beute nähern; dieser Anblick erweckt in ihm ingrimmigen Zorn, den er nur mühsam zu bemeistern vermag. Schmachtende Blicke sendet er zu der Angebeteten hin. Seine Ehrerbietung und die Anwesenheit des Vaters verbieten ihm anders als durch Blicke zu sprechen. Endlich aber setzt er sich über allen Zwang hinweg, und die Stürme seines Herzens lassen ihn die Worte finden: *er singt*

Schöne Philis, zuviel, zuviel der bitteren Not,
Nicht länger dieses Schweigen, eröffnet mir Euer Herz,
Ist Glück mir bestimmt oder Schmerz,
Winkt mir Leben, droht mir der Tod?

ANGÉLIQUE *singt*

O Tirsis, hört mein Klagen,
Ich soll die Ehe schließen, die Euer Herz verzehrt,
Ich zittere, seufze, möchte Euch gern sagen,
Was zu sagen mir verwehrt.

ARGAN So etwas! Meine Tochter kann geschickt vom Blatt singen, ohne steckenzubleiben – das hätte ich nie gedacht.

CLÉANTE

Ach, schöne Philis,
Ach, könnte der zärtliche Tirsis
So glücklich sein, daß seine Liebe
Von Euch nicht unerwidert bliebe?

ANGÉLIQUE

Ich will mich nicht verstellen in dieser tiefsten Pein,
Ja, Tirsis, ja, mein Herz ist dein.

CLÉANTE

O schönstes Wort »Mein Herz ist dein«,
Hab' ich recht gehört, war's nicht nur Schein,
O sag es noch einmal, dann kann kein Zweifel sein.

ANGÉLIQUE

Ja, Tirsis, ja, mein Herz ist dein.

CLÉANTE

Dein Herz ist mein, o sag es noch einmal.

ANGÉLIQUE

Mein Herz ist dein.

CLÉANTE

O viele tausendmal soll der Klang mein Ohr und Herz [erfreu'n.

ANGÉLIQUE

Mein Herz ist dein,
Mein Herz, mein Herz, mein Herz,
Ist dein, ist dein, ist dein.

CLÉANTE

O Götter da droben, die ihr herunter blickt,
War je ein Sterblicher wie ich beglückt?
Doch ach, Philis, ein Gedanke macht mich erschauern,
Ein Nebenbuhler, der das Glück bedroht!

ANGÉLIQUE

Oh, oh, ich hasse ihn ärger als den Tod
Und so wie dir ist auch mir
Seine Gegenwart die ärgste Pein.

CLÉANTE

Doch dein Vater will dich mit ihm verbinden.

ANGÉLIQUE

Lieber den Tod, als mich an seiner Seite finden.
Nein, nie, nie, will ich mich mit ihm verbinden.
O lieber den Tod, den Tod, den Tod, den Tod!

ARGAN Und was sagt der Vater dazu?

CLÉANTE Der Vater sagt nichts.

ARGAN Dann ist er dumm, wenn er diesen Unsinn anhört und nichts dazu sagt.

CLÉANTE

Oh, liebste Philis . . .

ARGAN Nein, genug gesungen! Diese Komödie gibt ja ein abschreckendes Beispiel. Der Schäfer Tirsis ist ein Frechdachs, und die Schäferin Philis ist ganz verlottert, wenn sie sich so gegen ihren Vater benimmt. Zeigen Sie mir dieses Blatt einmal. – Oho! Wo sind denn die Worte, die wir gehört haben? Da seh' ich ja nur Noten.

CLÉANTE Wissen Sie denn nicht, mein Herr, daß man vor kurzer Zeit etwas Neues erfunden hat? Man schreibt zugleich den Text, indem man die Noten aufzeichnet.

ARGAN Gut, gut. Ich empfehle mich, mein Herr, auf Wiedersehen. Wir hätten auf diese schamlose Oper gern verzichtet.

CLÉANTE Ich wollte die Gesellschaft unterhalten.

ARGAN Dummheiten sind keine Unterhaltung. – Ah, meine Frau kommt.

Sechste Szene

Béline, Argan, Toinette, Angélique, Doktor Diafoirus, Thomas Diafoirus

ARGAN Mein Schatz, der junge Herr Diafoirus ist hier.

THOMAS DIAFOIRUS *beginnt mit dem einstudierten Text, doch alsbald läßt ihn das Gedächtnis im Stich* Gnädige Frau, ich ehre und verehre und anerkenne und erkenne in Ihnen . . .

BÉLINE Junger Herr, ich freue mich, daß ich Gelegenheit habe, Ihre Bekanntschaft zu machen.

THOMAS DIAFOIRUS ... in Ihnen die ... ich erkenne in Ihnen die ... ich erkenne an ... an ... in ... Jetzt haben Sie mich unterbrochen, mitten im Satz, und jetzt weiß ich nicht mehr weiter.

DOKTOR DIAFOIRUS Lassen wir das für später, mein Sohn.

ARGAN Schade, daß du vorhin nicht dabei warst, Liebste.

TOINETTE Ja, gnädige Frau, Sie haben viel versäumt: den zweiten Vater, die Statue des Memnon und die Pflanze namens Heliotrop.

ARGAN Komm, mein Kind, reiche dem jungen Mann die Hand als Unterpfand für eure eheliche Verbindung.

ANGÉLIQUE Vater!

ARGAN »Vater«? Was heißt das, »Vater«?

ANGÉLIQUE Ich bitte Sie, mein Vater, übereilen Sie nichts. Geben Sie uns doch ein wenig Zeit, einander kennenzulernen, so daß jene gegenseitige Neigung entstehen kann, die für jede herzliche Verbindung unerläßlich ist.

THOMAS DIAFOIRUS Was mich betrifft, mein Fräulein – sie ist schon da, bei mir, die Neigung – ich brauche darauf nicht erst zu warten.

ANGÉLIQUE Bei mir aber ergab es sich nicht so geschwind wie bei Ihnen, mein Herr; ich muß gestehen, daß Ihre Verdienste noch nicht den rechten Eindruck auf meine Seele gemacht haben.

ARGAN Schon gut, schon gut, dazu bleibt ja alle Zeit, wenn ihr verheiratet seid.

ANGÉLIQUE Ich bitte Sie: Lassen Sie mir Zeit, liebster Vater. Die Ehe ist ein Joch, unter das man ein schwaches Herz nicht zwingen soll; und wenn dieser junge Herr Sinn für Anstand hat, wird er sich nicht wünschen, daß ein Mädchen durch Zwang die Seine wird.

THOMAS DIAFOIRUS Nego consequentiam, mein Fräulein, ich kann Sinn für Anstand haben und trotzdem von Ihrem Herrn Vater Ihre Hand annehmen.

TOINETTE Das ist aber eine böse Methode, jemanden mit Gewalt zur Liebe zu zwingen.

THOMAS DIAFOIRUS Wir lesen bei den Alten, mein Fräulein,

daß man die Mädchen, die man heiraten wollte, gewaltsam aus den Häusern ihrer Väter entführte, damit es nicht scheine, als ob sie durch den Willen der Väter ihren Männern zufielen.

ANGÉLIQUE Die Alten sind die Alten, mein Herr, und wir sind die Menschen von heute. In unserem Jahrhundert brauchen wir einander nichts mehr vorzumachen; wenn uns eine Heirat paßt, dann wissen wir sehr gut, welche Schritte wir machen, und niemand muß uns zwingen. Fassen Sie sich doch in Geduld; wenn Sie mich lieben, mein Herr, sollten Sie alles wollen, was ich will.

THOMAS DIAFOIRUS Ja, gnädiges Fräulein, außer wenn ich meine Liebe bedroht sehe.

ANGÉLIQUE Der wahre Sinn der Liebe ist es aber, sich dem Wunsch der Geliebten unterzuordnen.

THOMAS DIAFOIRUS Distinguo, gnädiges Fräulein; soweit ihr Besitz nicht im Spiel ist, concedo – wenn er im Spiel ist, nego.

TOINETTE Da sind alle Worte verloren. Der junge Herr kommt frisch vom Studium und wird immer das letzte Wort behalten. Was soll der Widerstand?! Warum sträuben Sie sich gegen die Umarmung des akademischen Lehrkörpers?

BÉLINE Vielleicht hat sie eine Liebschaft im Kopf.

ANGÉLIQUE Wäre dem so, gnädige Frau, dann gewiß keine, die der Vernunft und dem Anstand widerspräche.

ARGAN Was soll das? Ihr laßt mich da ja eine nette Rolle spielen!

BÉLINE *zu Argan* Ich an deiner Stelle, mein Kind, ich würde sie nicht zum Heiraten zwingen, ich wüßte schon, was ich täte.

ANGÉLIQUE Ich weiß, woran Sie denken, gnädige Frau, und wie gut Sie's mit mir meinen; vielleicht erweist man aber Ihren Ratschlägen doch nicht die Ehre, sie zu befolgen.

BÉLINE Weil vernünftige und wohlerzogene Töchter wie du sich heutzutage um die Wünsche der Väter und um den Gehorsam nicht scheren. Das war früher einmal nicht so arg.

ANGÉLIQUE Die Pflicht einer Tochter hat Grenzen, gnädige Frau! Weder die Vernunft noch die Gesetze können sie zu allem zwingen.

BÉLINE Du willst also jedenfalls heiraten; aber du möchtest dir einen Gatten nach deinem Geschmack aussuchen.

ANGÉLIQUE Wenn mein Vater mir keinen Mann geben will, der mir gefällt, werde ich ihn wenigstens anflehen, er möge mich nicht zur Heirat mit einem zwingen, den ich nicht zu lieben vermöchte.

ARGAN Meine verehrten Herren, entschuldigen Sie, bitte, das alles.

ANGÉLIQUE Jeder Mensch verbindet ja eine Absicht mit der Eheschließung. Ich wünsche mir nichts als einen Gatten, den ich aufrichtig liebe, ich möchte ein Leben lang mit ihm verbunden bleiben, und drum ist Vorsicht bei der Auswahl geboten. Andere nehmen sich Männer nur, um sich vom elterlichen Zwang zu befreien und dann alles zu tun, was ihnen beliebt. Andere *mit einem Seitenblick auf Béline* sehen in der Ehe ein gewinnbringendes Geschäft, sie heiraten aus Liebe zu der Erbschaft, sie wollen sich durch den Tod ihres Gemahls bereichern, und ohne Gewissensbisse wechseln sie von einem Mann zum nächsten hinüber, um sich den Nachlaß anzueignen. Solche Charaktere sind dann aber nicht so wählerisch und entscheiden ohne Ansehen der Person.

BÉLINE Du bist ja heute sehr beredsam, und ich wüßte gern, was du mit all dem meinst.

ANGÉLIQUE Verehrte Dame, was denn sonst als genau das, was ich sage?

BÉLINE Du bist so einfältig, liebes Kind, daß man es kaum ertragen kann.

ANGÉLIQUE Jetzt möchten Sie mich wohl reizen, verehrte Dame, Ihnen eine ungebührliche Antwort zu geben; aber ich muß Sie leider enttäuschen.

BÉLINE So eine Unverschämtheit habe ich noch nie erlebt.

ANGÉLIQUE Bemühen Sie sich, bitte, nicht weiter, verehrte Dame.

BÉLINE Man steht fassungslos vor so viel lächerlicher Überheblichkeit und schamloser Anmaßung.

ANGÉLIQUE Es hilft alles nichts, verehrte Dame. Ihnen zum

Trotz bleibe ich beherrscht. Und um Ihnen jede Hoffnung auf das Gelingen Ihres Plans zu nehmen, will ich Sie meines Anblicks berauben.

ARGAN Hör mich an: Es gibt keinen Ausweg. Entscheide dich innerhalb von vier Tagen zwischen diesem jungen Herrn und dem Kloster. *zu Béline* Laß es, bitte, gut sein; ich werde ihr schon den Kopf zurechtsetzen.

BÉLINE Es tut mir leid, dich zu verlassen, mein Junge, aber ich habe ein Geschäft in der Stadt, dem ich mich nicht entziehen kann. Ich bin bald wieder da.

ARGAN Geh nur, mein Liebling, und such den Notar auf; er soll die bewußte Sache erledigen.

BÉLINE Leb wohl, mein Kleiner.

ARGAN Leb wohl, Liebste. – Wie diese Frau mich liebt .. es ist nicht zu glauben.

DOKTOR DIAFOIRUS Wir werden uns jetzt empfehlen, mein Herr.

ARGAN Sagen Sie mir doch, bitte, verehrter Herr Doktor: Wie geht es mir?

DOKTOR DIAFOIRUS *fühlt ihm den Puls* Komm, Thomas, nimm den anderen Arm und laß hören, ob du dich auf den Puls verstehst. Quid dicis?

THOMAS DIAFOIRUS Dico, daß dieser Puls der Puls eines Patienten ist, der sich gar nicht wohlfühlt.

DOKTOR DIAFOIRUS Gut.

THOMAS DIAFOIRUS Daß er etwas hart ist, um nicht zu sagen: sehr hart.

DOKTOR DIAFOIRUS Sehr gut.

THOMAS DIAFOIRUS Widerspenstig.

DOKTOR DIAFOIRUS Bene.

THOMAS DIAFOIRUS Geradezu bockig.

DOKTOR DIAFOIRUS Optime.

THOMAS DIAFOIRUS Was auf eine unregelmäßige Durchfeuchtung im Parenchym splenicum schließen läßt, also im Gewebe der Milz.

DOKTOR DIAFOIRUS Sehr gut.

ARGAN Nein; Herr Doktor Purgon sagt, daß meine Leber krank ist.

DOKTOR DIAFOIRUS Gewiß, gewiß; wer »Parenchym« sagt, meint beide Organe auf Grund ihrer innigen Verbundenheit durch das Vas breve, den sogenannten Pförtner, und oft auch durch die Gallenwege. Ohne Zweifel schreibt er Ihnen vor, viel Gebratenes zu essen.

ARGAN Nein, nur Gekochtes.

DOKTOR DIAFOIRUS Gewiß, gewiß, Gebratenes, Gekochtes, eines wie das andere. Seine Vorschriften sind wohldurchdacht. Sie könnten gar nicht in besseren Händen sein.

ARGAN Herr Doktor, wieviele Salzkörner nehme ich zu einem Ei?

DOKTOR DIAFOIRUS Sechs, acht, zehn, eine gerade Zahl – und zu den Medikamenten eine ungerade Zahl.

ARGAN Auf Wiedersehen, meine verehrten Herren.

Siebente Szene

Béline, Argan

BÉLINE Bevor ich gehe, mein Junge, möchte ich dich noch vor etwas warnen. Ich habe deine Tochter vor ihrem Zimmer mit einem jungen Mann gesehen, der sich schnell entfernte, als er mich kommen sah.

ARGAN Ein junger Mann mit meiner Tochter?

BÉLINE Ja. Deine kleine Louison war dabei, sie kann es dir bestätigen.

ARGAN Bitte, schick sie zu mir, mein Liebling. Oh, so eine Impertinenz! Jetzt wundere ich mich nicht mehr über ihre Widerspenstigkeit.

Achte Szene

Louison, Argan

LOUISON Was wünschen Sie, bitte, mein lieber Papa? Meine liebe Stiefmama hat gesagt, daß Sie mich gerufen haben.

ARGAN Ja, komm ganz nah zu mir, mein Kind – da herüber –, und schau mich an. Nun?

LOUISON Was denn, Papa?

ARGAN Also.

LOUISON Was?

ARGAN Hast du mir nichts zu erzählen?

LOUISON Wenn ich Ihnen die Zeit vertreiben soll, dann erzähle ich Ihnen das Märchen von der Eselshaut oder die Fabel vom Raben und vom Fuchs, die ich gerade gelernt habe.

ARGAN Nein, das meine ich nicht.

LOUISON Was denn?

ARGAN Du Schwindlerin – du weißt ganz gut, was ich meine.

LOUISON Verzeihung, lieber Papa.

ARGAN So unfolgsam bist du also?

LOUISON Wieso, Papa?

ARGAN Habe ich dir nicht aufgetragen, mir gleich alles zu erzählen, was du siehst?

LOUISON Ja, Papa.

ARGAN Und hast du's getan?

LOUISON Ja, mein lieber Papa. Ich bin immer alles erzählen gekommen, was ich sehe.

ARGAN Und heute hast du nichts gesehen?

LOUISON Nein, Papa.

ARGAN Nein?

LOUISON Nein, Papa.

ARGAN Sicher?

LOUISON Sicher.

ARGAN So etwas! Dann werde ich dir einmal etwas zeigen! *er nimmt die Rute*

LOUISON Oh – Papa!

ARGAN Du kleine Hexe, du erzählst mir nicht, daß du einen jungen Herrn bei deiner Schwester gesehen hast?

LOUISON Papa!

ARGAN Ich werde dir zeigen, wie die Lüge schmeckt!

LOUISON *auf den Knien* Lieber Papa – bitte um Verzeihung. Meine Schwester hat gesagt, daß ich's nicht erzählen soll; aber ich erzähl' es doch.

ARGAN Erst wirst du für die Lüge bestraft, dann reden wir weiter.

LOUISON Verzeihung, bitte, lieber Papa.

ARGAN Nein!

LOUISON Lieber, guter Papa, bitte, nicht prügeln!

ARGAN Du hast es verdient.

LOUISON Nein, bitte, nicht, Papa, um Gottes willen, bitte, bitte, nicht!

ARGAN *packt sie* So, und jetzt los!

LOUISON Au! – Papa, Sie haben mir wehgetan! Und jetzt bin ich gestorben. *Sie stellt sich tot*

ARGAN Ah! Was denn? Was denn? Louison! – Louison! – Louison! Mein Gott! – Louison, mein Kind! Das ist ja fürchterlich, jetzt ist mein armes Kind gestorben. Was hab' ich getan, ich Elender?! Verdammte Rute! Du Teufelsrute! – Mein armes Kind ist tot! Meine arme kleine Louison!

LOUISON Nicht weinen, Papa; ich bin ja nicht ganz tot.

ARGAN Was!?! – So eine kleine Komödiantin! So etwas! Also gut, meinetwegen verzeihe ich dir, wenn du mir gleich alles erzählst.

LOUISON Ja, bitte, lieber Papa.

ARGAN Aber nimm dich in acht! Siehst du meinen kleinen Finger? Der weiß alles und sagt mir sofort, ob du lügst.

LOUISON Aber, bitte, Papa, bitte, meiner Schwester nicht sagen, daß ich's erzählt hab'!

ARGAN Nein, nein.

LOUISON Weil – es ist nämlich ein Herr gekommen, wie ich in ihrem Zimmer war.

ARGAN Ja?

LOUISON Ja. Ich hab' ihn gefragt, was er will, und er hat gesagt: er ist der Gesangslehrer.

ARGAN Aha! Da haben wir's! Und?

LOUISON Dann ist sie gekommen.

ARGAN Und?

LOUISON Sie hat gesagt: Geh'n Sie doch, geh'n Sie doch, um Gottes willen, geh'n Sie doch. Bringen Sie mich nicht zur Verzweiflung.

ARGAN Und?

LOUISON Aber er ist nicht gegangen.

ARGAN Was hat er gesagt?

LOUISON Eine ganze Menge.

ARGAN Aber was?

LOUISON Er liebt sie und sie ist die Allerschönste und ...

ARGAN Und?

LOUISON Und dann ist er vor ihr auf die Knie gefallen.

ARGAN Und dann?

LOUISON Und dann hat er ihr Küsse auf die Hände gegeben.

ARGAN Und dann?

LOUISON Und dann ist meine liebe Stiefmama gekommen, und da ist er weggelaufen.

ARGAN Und sonst war nichts?

LOUISON Nein, Papa.

ARGAN Mein kleiner Finger will mir etwas sagen. *hält ihn an sein Ohr* Ja? Ja? – Oh! Er sagt etwas, das du gesehen hast und mir nicht erzählst.

LOUISON Papa, Ihr kleiner Finger ist ein Lügner.

ARGAN *drohend* Du!

LOUISON Nein, Papa, hören Sie ihm nicht zu, er lügt, ganz bestimmt.

ARGAN Also gut. Wir werden sehen. Jetzt geh und behalte die Augen schön offen. – Nein, es gibt keine Kinder mehr. – Und ich? Ich habe so viel zu tun, daß ich nicht imstande bin, mich in aller Ruhe meiner Krankheit zu widmen. Das macht mich ganz krank. *Der Tradition entsprechend endet hier meist der zweite Akt, und der dritte Akt beginnt mit dem Auftritt des Béralde.*

Neunte Szene

Béralde, Argan

BÉRALDE Mein lieber Bruder, wie geht's?

ARGAN Schlecht, Bruder, sehr schlecht.

BÉRALDE Sehr schlecht?

ARGAN Ja. Meine Schwäche wird immer stärker. Es ist kaum zu glauben.

BÉRALDE Das tut mir leid.

ARGAN Ich bin nicht imstande, mit dir zu reden.

BÉRALDE Ich wollte dir einen Bräutigam für meine Nichte Angélique vorschlagen.

ARGAN *temperamentvoll, sich von dem Fauteuil erhebend* Nein, Bruder, kein Wort über diese schamlose Person, über die impertinente, hinterlistige, unverschämte, gemeine Verbrecherin, die ich spätestens übermorgen ins Kloster schicke.

BÉRALDE Oh, das freut mich. Du kommst wieder zu Kräften. Mein Besuch scheint dir also gutzutun. Und wir werden gleich alle Familienangelegenheiten besprechen können.

Dritter Akt

Erste Szene

Béralde, Argan, Toinette

BÉRALDE Wollen wir uns ein wenig unterhalten?

ARGAN Bitte, gedulde dich, ich komme gleich.

TOINETTE Aber, gnädiger Herr – vergessen Sie, daß Sie zum Gehen einen Stock brauchen?

ARGAN Ja, du hast recht.

Zweite Szene

Béralde, Toinette

TOINETTE Bitte, nehmen Sie sich weiter der Zukunft Ihrer Nichte an.

BÉRALDE Ich will nichts unversucht lassen, um ihm die Erfüllung ihrer Wünsche nahezulegen.

TOINETTE Man muß diese abgeschmackte Heirat, die er sich in den Kopf gesetzt hat, um jeden Preis verhindern. Ich habe mir ausgedacht, daß wir einen Doktor hier haben sollten, der ihm Ratschläge gibt und ihm seinen Doktor Purgon ausredet. Aber wir haben ja keinen zur Verfügung, und drum möchte ich etwas veranstalten.

BÉRALDE Was denn?

TOINETTE Die Idee ist ausgefallen – vielleicht auch nicht sehr vernünftig, aber bestimmt lustig. Überlassen Sie mir alles. Und spielen Sie mit. Da kommt er.

Dritte Szene

Argan, Béralde

BÉRALDE Ich möchte dich vor allem bitten, lieber Bruder, daß du dich bei unserem Gespräch um keinen Preis aufregst.

ARGAN Einverstanden.

BÉRALDE Und daß du mir ohne Bitterkeit antwortest.

ARGAN Ja.

BÉRALDE Und daß wir uns über den Gegenstand unseres Gesprächs leidenschaftslos unterhalten.

ARGAN Ja, ja, das fängt aber sehr umständlich an.

BÉRALDE Wie geht es zu, lieber Bruder, daß du mit deinem Vermögen Angélique in ein Kloster schicken willst?

ARGAN Wie geht es zu, mein Bruder, daß ich als Familienoberhaupt tue, was mir richtig scheint?

BÉRALDE Deine Frau rät dir, deine Kinder loszuwerden, und sie ist zweifellos so gläubig, daß sie entzückt wäre, deine beiden Töchter als geistliche Schwestern zu sehen.

ARGAN Jetzt sind wir so weit: meine arme Frau wird einbezogen. Sie soll an allem schuld sein, und jeder klagt sie an.

BÉRALDE Nein lieber Bruder; Hut ab vor ihr. Sie will das Beste für deine Angehörigen, jeglicher Eigennutz liegt ihr fern, sie ist dir in zärtlicher Hingabe zugetan, und ihre Güte und Zuneigung für deine Kinder sind unglaublich. All das ist unbestritten. Lassen wir es beiseite und reden wir von deiner Tochter Angélique. Auf Grund welcher Erwägungen willst du sie mit dem Sohn eines Arztes verheiraten?

ARGAN Um einen Schwiegersohn zu bekommen, wie ich ihn brauche.

BÉRALDE Aber lieber Bruder, das hat ja nichts mit deiner Tochter zu tun, und außerdem ist ein zweiter, viel passenderer Bewerber zur Hand.

ARGAN Aber der erste ist der passendere für mich.

BÉRALDE Soll der Bräutigam ihr Gatte oder dein Gatte werden, mein Bruder?

ARGAN Er soll zu ihr und zu mir passen, Bruder; ich möchte Leute in der Familie haben, die ich brauchen kann.

BÉRALDE Und wenn Louison heiratsfähig ist, bekommt sie dann wohl einen Apotheker?

ARGAN Warum nicht?

BÉRALDE Bist du wirklich so verwachsen mit deinen Apothekern und Ärzten, willst du um jeden Preis krank sein, der Welt und der Natur zum Trotz?

ARGAN Was heißt das?

BÉRALDE Daß ich keinen gesünderen Mann kenne als dich, daß ich mir keinen besseren Zustand als den deinen wünsche. Der einleuchtende Beweis für dein Wohlbefinden und für die vortreffliche Beschaffenheit deines Körpers ist es, daß du nicht imstande warst, mit all diesen Kuren und Mitteln deine gute Verfassung zu verderben, und daß du an den vielen Medikamenten, die man dich nehmen läßt, nicht zugrunde gegangen bist.

ARGAN Aber weißt du auch, Bruder, daß ich nur dadurch am Leben bleibe und daß Doktor Purgon sagt, ich wäre erledigt, wenn er mich drei Tage lang nicht behandelt?

BÉRALDE Wenn du nicht auf der Hut bist, behandelt er dich so gründlich, daß du aus dieser Welt verschwindest.

ARGAN Das wollen wir genauer besprechen, Bruder. Du glaubst also nicht an die Medizin?

BÉRALDE Nein, mein Bruder, und ich sehe nicht ein, wozu es gut sein soll, an sie zu glauben.

ARGAN Du leugnest also, was alle Welt anerkennt und was zu allen Zeiten bewundert wurde?

BÉRALDE Meine Bewunderung versage ich der Medizin nicht. Sie scheint mir, unter uns gesagt, eine der ärgsten unter den menschlichen Torheiten. Als Philosoph erblicke ich in ihr eine höchst einfältige Vorspiegelung – denn nichts ist lächerlicher als der Anspruch, einen Menschen zu heilen.

ARGAN Warum leugnest du, Bruder, daß ein Mensch einen anderen heilen kann?

BÉRALDE Weil die Kräfte, die unsere Maschine in Gang halten, mein Bruder, bis heute so geheimnisvoll geblieben sind, daß den

Menschen jeder Blick verwehrt ist – weil die Natur unsere Augen durch allzu dichte Schleier am Sehen hindert.

ARGAN Die Ärzte wissen also nichts, meinst du?

BÉRALDE O doch, mein Bruder. Sie sind in den meisten edlen Wissenschaften bestens ausgebildet, sie sprechen ausgezeichnet Latein, sie können alle Krankheiten auf griechisch beim Namen nennen, sie können sie beschreiben und unterscheiden; doch was das Heilen betrifft, davon haben sie keine Ahnung.

ARGAN Man muß aber zugeben, daß die Ärzte in dieser Hinsicht mehr wissen als die anderen.

BÉRALDE Sie wissen das, mein Bruder, was ich aufgezählt habe, und davon werden Kranke kaum gesünder; ihre ganze Kunstfertigkeit erschöpft sich in wichtigtuerischem Schwulst, in wohltönendem Geschwätz, das Worte an die Stelle von Argumenten setzt und Aussichten an die Stelle von Wirkungen.

ARGAN Aber, Bruder, so viele, die genau so gescheit und erfahren sind wie du, wenden sich trotzdem an die Ärzte, wenn sie erkranken.

BÉRALDE Das spricht für die menschliche Schwäche und nicht für die Verläßlichkeit der ärztlichen Kunst.

ARGAN Aber die Ärzte müssen ihre Kunst für verläßlich halten, da sie sich ihr ja auch selbst unterwerfen.

BÉRALDE Viele von ihnen werden Opfer des weitverbreiteten Irrtums, von dem sie profitieren; andere beschränken sich auf den Profit. Dein Doktor Purgon zum Beispiel ist durchaus harmlos, von Kopf bis Fuß Arzt und sonst nichts. Die Regeln seiner Kunst bedeuten ihm mehr als alle mathematischen Gesetze. Sie nachzuprüfen, erschiene ihm verbrecherisch. Nichts an der Medizin ist für ihn dunkel, nichts zweifelhaft, nichts schwierig: stürmisch in seiner Fürsorglichkeit, rücksichtslos in seiner Zuversicht, brutal in seinem Hausverstand und seiner Vernunft verteilt er Abführmittel und Blutegel ohne Sinn für das rechte Maß. Nichts, was er anrichtet, darfst du ihm übelnehmen; denn er befördert dich mit der allerbesten Absicht ins Jenseits, und das, was er mit dir anstellt, um dich umzubringen, hat er bei seiner

Frau und seinen Kindern genau so getan und würde es, wenn nötig, auch sich selbst verschreiben.

ARGAN Du bist voreingenommen gegen ihn, Bruder. Aber kommen wir endlich zur Sache. Was soll man tun, wenn man krank wird?

BÉRALDE Nichts, mein Bruder.

ARGAN Nichts?

BÉRALDE Nichts. Nur ganz ruhig bleiben. Wenn wir sie gewähren lassen, bereinigt die Natur von selbst allmählich die Verwirrung, in die sie geraten ist. Unsere Unruhe und unsere Ungeduld verderben alles; und die meisten Menschen sterben nicht an den Krankheiten, sondern an den Heilmitteln.

ARGAN Man kann aber doch nicht leugnen, Bruder, daß die Natur sich durch gewisse Mittel nachhelfen läßt.

BÉRALDE Ach Gott, mein Bruder, das sind reine Vermutungen, mit denen wir uns gern abspeisen lassen; immer wieder tauchen bei den Menschen angenehme Illusionen auf, an die wir glauben, weil sie uns schmeicheln und weil es uns so willkommen wäre, sie für wahr halten zu dürfen. Wenn ein Arzt zu dir von Hilfe, von Rettung, von Entlastung deines Körpers spricht, wenn er der Natur entziehen will, was ihr schadet, wenn er ihr geben will, was ihr fehlt, wenn er sie wiederherstellen und ihr die volle Beherrschung ihres Wirkens wiedergeben will, wenn er dir sagt, daß er dein Blut reinigen, deine Eingeweide und dein Gehirn säubern, deine Milz abschwellen lassen, deine Brust entlasten, deine Leber heilen, daß er dein Herz stärken, die natürliche Körperwärme wiederherstellen und bewahren will und daß er das Leben noch durch viele Jahre zu erhalten vermag, dann hörst du von ihm nichts anderes als den Roman der Medizin. Wenn du dich aber der Wahrheit und der Erfahrung gegenübersiehst, findest du nichts von all dem, wie bei einem schönen Traum, der dir beim Erwachen nur das Unbehagen hinterläßt, an ihn geglaubt zu haben.

ARGAN Du hast also sämtliche Wissenschaften in deinem Kopf, und du verstehst mehr davon als alle großen Ärzte unseres Jahrhunderts?

BÉRALDE Die Reden und die Tatsachen sind zweierlei bei diesen großen Ärzten. Du hörst den tüchtigsten Männern auf Erden zu, aber du siehst die größten Ignoranten der Welt am Werk.

ARGAN Ich merke, daß du ein bedeutender Mediziner bist; jetzt hätte ich gern einen von diesen Männern hier, daß er deine Behauptungen widerlegt und dich als Schwätzer entlarvt.

BÉRALDE Ich will ja die Medizin gar nicht bekämpfen, mein Bruder; jeder darf nach Belieben und auf eigene Gefahr glauben, was ihm paßt. Wir beide reden unter uns; ich hätte dich nur gern von diesem Irrglauben befreit und dich, um dich zu unterhalten, zu einer Komödie von Molière geführt.

ARGAN Nein, dieser Molière ist ein unverschämter Bursche mitsamt seinen Komödien. Was heißt denn das, anständige Leute wie die Ärzte zu verhöhnen?!

BÉRALDE Nicht die Ärzte, sondern die Lächerlichkeit der Medizin.

ARGAN Wie kommt er dazu, sich über die Medizin erhaben zu fühlen? Er muß ein Dummkopf sein, ein Frechdachs, der über Ordinationen und Rezepte Witze macht und die ganze Ärzteschaft beschimpft und in seinem Theater alle diese verehrungswürdigen Persönlichkeiten auf die Bühne bringt.

BÉRALDE Was soll er denn sonst darstellen, wenn nicht die verschiedenen Berufsstände? Man sieht ja auch jeden Tag Fürsten und Könige auf der Bühne; und die sind aus ebenso gutem Haus wie die Doktoren.

ARGAN Himmelherrgott, wenn ich die Fakultät wäre, er müßte mir diese Schändlichkeit büßen; und wenn er krank wäre, ließe ich ihn ohne Beistand sterben. Da könnte er bitten und betteln, ich würde ihm nicht den kleinsten Aderlaß verschreiben, nicht den leisesten Einlauf, sondern zu ihm sagen: Stirb nur, stirb nur, dann wirst du die Fakultät nächstesmal nicht mehr so schlecht behandeln!

BÉRALDE Du bist aber sehr böse auf ihn.

ARGAN Ja, weil er ein Schwachkopf ist. Wenn die Ärzte vernünftig sind, werden sie tun, was ich sage.

BÉRALDE Und er wird noch vernünftiger sein als deine Ärzte, denn er wird von ihnen keinen Beistand verlangen.

ARGAN Geschieht ihm recht, wenn er sich nicht durch Arzneien helfen läßt.

BÉRALDE Er weiß, warum er es ablehnt. Seiner Meinung nach dürfen das nur starke und widerstandsfähige Leute riskieren, die so viele Kräfte übrig haben, daß sie außer der Krankheit auch noch die Arzneien ertragen. Aber Molière hat gerade noch Kraft genug, um sein Leiden zu ertragen.

ARGAN Dummes Zeug! Bitte, Bruder, bitte, reden wir nicht mehr über diesen Menschen, das schlägt sich mir auf die Galle, und ich bekomme sonst gleich einen Anfall.

BÉRALDE Einverstanden, mein lieber Bruder; und um das Gesprächsthema zu wechseln, sage ich dir: eine kleine Widerspenstigkeit deiner Tochter rechtfertigt nicht die grausame Strafe, daß du sie in ein Kloster schickst. Bei der Wahl eines Schwiegersohns darfst du dich nicht blind von Launen und Stimmungen leiten lassen. Bei dieser Entscheidung kommt es nicht zuletzt auf die Neigung eines Mädchens an – da allein ist die Quelle des Glücks in der Ehe, die sie ein Leben lang bindet.

Vierte Szene

Magister Fleurant, mit einer Klistierspritze, Argan, Béralde

ARGAN Ah! – mit Verlaub, lieber Bruder . . .

BÉRALDE Was willst du?

ARGAN Ein kleiner Einlauf; es dauert nicht lang.

BÉRALDE Das ist doch zu dumm! Kannst du keinen Augenblick ohne Einlauf oder Arzneien sein? Laß es doch jetzt und ruh dich lieber ein wenig aus.

ARGAN Morgen früh, Herr Magister, oder heute abend. Auf Wiedersehen.

MAGISTER FLEURANT *zu Béralde* Wie kommen Sie dazu, mein Herr, den ärztlichen Anordnungen zu widersprechen und den

Patienten an der Entgegennahme eines Einlaufs zu hindern? Ich bedanke mich für die Keckheit.

BÉRALDE Ach, mein Herr, man merkt, daß Sie sehr selten Gesichter vor sich haben.

MAGISTER FLEURANT Mit ärztlichen Verschreibungen scherzt man nicht. Sie rauben mir meine kostbare Zeit; auf Grund einer klaren Verordnung bin ich hier erschienen, und ich werde dem Herrn Doktor Purgon berichten, wie man mich an der Ausführung und an der Ausübung meines Berufs behindert hat. Sie werden sehen, Sie werden es schon sehen ... *er geht*

ARGAN Bruder, jetzt hast du Unglück über dieses Haus gebracht.

BÉRALDE Was für ein Unglück: einen Einlauf, den Doktor Purgon verordnet hat, zu versäumen! Zum letztenmal, lieber Bruder: ist es denn wirklich unmöglich, dich von der medizinischen Krankheit zu heilen, willst du dich denn dein Leben lang in Arzneien begraben lassen?

ARGAN Ach Gott, Bruder, so redest du, weil du gesund bist; an meiner Stelle wärst du ganz anderer Ansicht. Wenn man sich wohlfühlt, kann man die Medizin leicht schmähen.

BÉRALDE Was fehlt dir denn eigentlich?

ARGAN Mach mich nicht rasend! Ich wollte, du wärst in meinem Zustand, da würde dir das Plaudern vergehen. Ah, da kommt Doktor Purgon.

Fünfte Szene

Doktor Purgon, Argan, Béralde, Toinette

DOKTOR PURGON Schöne Neuigkeiten habe ich da eben im Hausflur gehört: man mißachtet hier meine Anweisungen und weigert sich, eine von mir angeordnete Behandlung vornehmen zu lassen.

ARGAN Herr Doktor, ich habe mich nicht ...

DOKTOR PURGON Das ist eine ungeheure Keckheit, eine ganz

außerordentliche Widersetzlichkeit des Patienten gegen seinen behandelnden Arzt.

TOINETTE Es ist grauenhaft.

DOKTOR PURGON Ein Klistier, welches zu komponieren ich mir persönlich das Vergnügen gemacht habe.

ARGAN Ich habe mich nicht ...

DOKTOR PURGON Ersonnen und zubereitet nach allen Regeln der Kunst.

TOINETTE Das war ein Unrecht.

DOKTOR PURGON Das auf die Eingeweide eine wundervolle Wirkung ausüben sollte.

ARGAN Mein Bruder ...

DOKTOR PURGON Und so etwas weist man mit Verachtung von sich!

ARGAN Er war's.

DOKTOR PURGON Das ist eine noch nie dagewesene Unverfrorenheit.

TOINETTE Sehr richtig.

DOKTOR PURGON Ein ruchloses Attentat gegen die Medizin.

ARGAN Er ist schuld.

DOKTOR PURGON Das Verbrechen der Fakultätsbeleidigung, das strengste Strafe verdient.

TOINETTE Sie haben ganz recht.

DOKTOR PURGON Ich erkläre, daß ich meine Beziehungen zu Ihnen abbreche.

ARGAN Mein Bruder hat ...

DOKTOR PURGON Daß ich jede Verbindung unserer Häuser ablehne.

TOINETTE Das wird gut sein.

DOKTOR PURGON Und um alle Brücken abzubrechen: hier ist die Schenkung an meinen Neffen anläßlich seiner geplanten Heirat *Er holt ein Dokument hervor, zerreißt es und wirft die Fetzen auf den Boden.*

ARGAN Mein Bruder hat das ganze Unheil angerichtet.

DOKTOR PURGON Mein Klistier geringschätzen!

ARGAN Her damit – ich nehme es.

DOKTOR PURGON Sie wären binnen kurzem erleichtert gewesen.

TOINETTE Das verdient er gar nicht.

DOKTOR PURGON Ihren Leib wollte ich reinigen, die bösen Säfte gänzlich unschädlich machen.

ARGAN Ach, Bruder!

DOKTOR PURGON Ein Dutzend Medikamente nur noch, und alles wäre im Lot gewesen.

TOINETTE Er ist Ihre Sorgfalt nicht wert.

DOKTOR PURGON Aber da Sie durch mich nicht geheilt werden wollen ...

ARGAN Ich kann nichts dafür.

DOKTOR PURGON Da Sie den Gehorsam verweigern, welchen man seinem Arzt schuldet ...

TOINETTE Das schreit nach Rache.

DOKTOR PURGON Da Sie sich als Rebell gegen die von mir verordnete Behandlung entpuppen ...

ARGAN Nein, nein, wirklich nicht.

DOKTOR PURGON ... erkläre ich, daß ich Sie Ihrer schlechten Konstitution überlasse, dem Gutdünken Ihrer Eingeweide, der Verderbnis Ihres Blutes, der Schärfe Ihrer Galle, der Teigigkeit Ihrer Säfte.

TOINETTE Das ist gut so.

ARGAN Mein Gott!

DOKTOR PURGON Ich will, daß Sie sich binnen vier Tagen in einem unheilbaren Zustand befinden.

ARGAN Gnade, Gnade!

DOKTOR PURGON Daß Sie der Hartleibigkeit anheimfallen.

ARGAN Herr Doktor!

DOKTOR PURGON Nach der Hartleibigkeit der Verstopfung.

ARGAN Herr Doktor!

DOKTOR PURGON Nach der Verstopfung dem Darmverschluß.

ARGAN Herr Doktor!

DOKTOR PURGON Nach dem Darmverschluß der Ruhr.

ARGAN Herr Doktor!

DOKTOR PURGON Nach der Ruhr der Wassersucht.

ARGAN Herr Doktor!

DOKTOR PURGON Und nach der Wassersucht dem Exitus, den Sie selbst durch Ihre Narrheit verschuldet haben.

Sechste Szene

Argan, Béralde

ARGAN *fällt auf den Boden* O mein Gott, ich bin tot. Bruder, du hast mich vernichtet.

BÉRALDE Was denn? Was hast du?

ARGAN Ich kann nicht mehr. Ich fühle, wie die Medizin sich an mir rächt.

BÉRALDE Du bist verrückt, mein Bruder, und ich möchte um keinen Preis, daß jemand dir jetzt zusieht. Nimm dich doch zusammen, ich bitte dich, komm zu dir und überlasse dich nicht willenlos deinen Hirngespinsten.

ARGAN Aber er hat mir doch die schrecklichsten Leiden angedroht.

BÉRALDE Ach, du bist einfältig!

ARGAN Er sagt, daß ich in vier Tagen unheilbar sein werde.

BÉRALDE Und was bedeutet das, was er sagt, wirklich? Hat ein Orakel gesprochen? Du redest dir ein, daß dieser Doktor deinen Lebensfaden in den Händen hält und ihn nach Belieben eigenmächtig verlängern und verkürzen kann. Denk doch daran, daß der Verlauf deines Lebens in dir allein beschlossen ist und daß der Zorn des Doktor Purgon dir ebensowenig den Tod geben wie seine Behandlung dich am Leben erhalten kann. Dieser Zwischenfall müßte dir die Ärzte verleiden, wenn du nur wolltest; kannst du sie aber nicht entbehren, dann findest du leicht einen anderen, lieber Bruder, bei dem das Risiko für dich vielleicht nicht ganz so groß ist.

ARGAN Ach, Bruder, er kennt doch meine Beschaffenheit und die Methode, wie man mit mir verfahren muß.

BÉRALDE Du bist wirklich ungeheuer voreingenommen und hast eine seltsame Einstellung zu den Dingen des Lebens.

Siebente Szene

Toinette, Argan, Béralde

TOINETTE Gnädiger Herr, ein Doktor wünscht Sie zu sprechen.

ARGAN Was für ein Doktor?

TOINETTE Ein ärztlicher Doktor.

ARGAN Ich frage dich, wer er ist.

TOINETTE Ich kenne ihn nicht; aber er sieht mir so ähnlich wie ein Ei dem anderen, und wenn ich nicht sicher wüßte, daß meine Mutter eine anständige Frau war, würde ich sagen, daß er mein kleiner Bruder ist, den sie mir nach dem Ableben meines Vaters geschenkt hat.

ARGAN Ruf ihn herein. *Toinette geht.*

BÉRALDE Du bist wirklich bestens bedient; kaum verläßt dich ein Arzt, stellt sich ein anderer ein.

ARGAN Ich fürchte, daß du mir etwas Entsetzliches angetan hast.

BÉRALDE Schon wieder! Kommst du nicht los davon?

ARGAN Weißt du, ich fühle mich so schrecklich bedrängt von allen diesen Krankheiten, die ich nicht kenne und die . . .

Achte Szene

Toinette, als Arzt, Argan, Béralde

TOINETTE Gestatten Sie, mein Herr, daß ich Ihnen meine Aufwartung mache und Ihnen meine bescheidenen Dienste anbiete, sofern Sie eines Aderlasses oder eines Einlaufes bedürfen sollten.

ARGAN Ich bin Ihnen sehr verbunden, Herr Doktor. – Tatsächlich – Toinette, wie sie leibt und lebt.

TOINETTE Verzeihen Sie, bitte, mein Herr, ich vergaß, meinem Diener einen Auftrag zu geben; ich bin gleich wieder hier. *Sie geht.*

ARGAN Du würdest doch auch sagen: das ist Toinette selbst, nicht wahr?

BÉRALDE Die Ähnlichkeit ist wirklich sehr groß. Aber es ist nicht das erstemal, daß man so etwas erlebt. Es gibt zahllose Geschichten von solchen Spielen, in denen die Natur sich immer wieder gefällt.

ARGAN Ich bin ganz außer mir und ...

Neunte Szene

Toinette, Argan, Béralde

TOINETTE *hat sich der Verkleidung so blitzartig entledigt, daß man Mühe hat zu glauben, ihr eben noch als Arzt begegnet zu sein* Ja, gnädiger Herr?

ARGAN Was?

TOINETTE Haben Sie mich nicht gerufen?

ARGAN Ich? Nein.

TOINETTE Dann haben mir die Ohren geklungen.

ARGAN Bleib hier, daß wir sehen, wie dieser Arzt dir ähnlich ist.

TOINETTE *im Gehen* Ich muß aber draußen arbeiten; und ich habe ihn ja schon genau betrachtet.

ARGAN Wenn ich sie nicht nebeneinander sehe, glaube ich nicht, daß es zwei sind.

BÉRALDE Ich habe die erstaunlichsten Dinge über derartige Ähnlichkeiten gelesen. Man hat auch in unserer Zeit erlebt, daß alle Leute der Täuschung zum Opfer gefallen sind.

ARGAN So wie ich; ich hätte geschworen, daß es ein und derselbe Mensch ist.

Zehnte Szene

Toinette, als Arzt, Argan, Béralde

TOINETTE Mein Herr, ich bitte Sie vielmals, mir zu vergeben.

ARGAN Das ist außerordentlich!

TOINETTE Sie verargen mir, wenn ich bitten darf, meine Neugier nicht; aber es drängt mich, einen so erlauchten Patienten wie Sie kennenzulernen. Ihr Ruf, der sich überall verbreitet, möge die Freiheit, die ich mir nehme, entschuldigen.

ARGAN Herr Doktor, ich heiße Sie willkommen.

TOINETTE Ich merke, daß Sie mich scharf anschauen, mein Herr. Für wie alt halten Sie mich?

ARGAN Ich glaube, Sie sind höchstens sechsundzwanzig oder siebenundzwanzig.

TOINETTE Ha, ha, ha, ha – ich bin neunzig.

ARGAN Neunzig?

TOINETTE Ja. Erkennen Sie den Erfolg der Geheimnisse meiner Kunst daran, daß ich mich so frisch und kräftig erhalten habe.

ARGAN Weiß Gott, für Ihre neunzig Jahre sind Sie ein schöner junger Greis.

TOINETTE Ich bin vazierender Arzt, ich fahre von Stadt zu Stadt, von einer Provinz in die andere, von einem Königreich in das andere, um erlauchten Stoff für meine Fähigkeiten zu suchen, um Patienten zu finden, die wert sind, daß ich sie betreue, und imstande, die großen und schönen Geheimnisse anzuwenden, die ich in der Medizin entdeckt habe. Ich lehne es ab, mich mit dem armseligen Häuflein gewöhnlicher Krankheiten zu befassen, mit solchen Kleinigkeiten wie Rheumatismus oder leichtem Fieber, mit Ausflüssen, Blähungen oder Migränen. Ich brauche bedeutende Krankheiten: dauerndes hohes Fieber mit Phantasieren, ein schönes Fleckfieber, eine schöne Pest, eine schöne Wassersucht mit Lungenentzündung und Rippenfellentzündung; dabei fühle ich mich wohl, da triumphiere ich, und ich wollte, mein Herr, daß Sie alle die von mir erwähnten Krankheiten hätten, daß Sie von sämtlichen Ärzten verlassen und zu Tode betrübt wären, um

Ihnen die Vortrefflichkeit meiner Behandlung nachzuweisen und meinen Drang, Ihnen zu Diensten zu sein.

ARGAN Ich danke Ihnen für Ihre große Güte, Herr Doktor.

TOINETTE Lassen Sie mich Ihren Puls fühlen *gleichsam zu dem Puls sprechend wie zu einem Kind oder Hund* Schön klopfen! – Was hast du denn, wirst du gleich besser sein?! – *zu Argan* Ihr Puls ist unfolgsam; das kommt davon, daß Sie noch nicht mein Patient sind. Wer ist Ihr Arzt?

ARGAN Herr Doktor Purgon.

TOINETTE Dieser Herr steht nicht auf meiner Liste der großen Ärzte. Woran leiden Sie seiner Meinung nach?

ARGAN Er sagt: es ist die Leber. Andere sagen: die Milz.

TOINETTE Ignoranten. Sie leiden an der Lunge.

ARGAN An der Lunge, Herr Doktor?

TOINETTE An der Lunge. Was sind Ihre Beschwerden?

ARGAN Ich habe immer wieder Kopfschmerzen.

TOINETTE Eben. Lunge.

ARGAN Ich habe manchmal eine Art Schleier vor den Augen.

TOINETTE Lunge.

ARGAN Oft tut mir das Herz weh.

TOINETTE Lunge.

ARGAN Oft fühle ich mich matt in allen Gliedern.

TOINETTE Lunge.

ARGAN Und dann habe ich wieder Bauchschmerzen, eine Art Kolik.

TOINETTE Lunge. Essen Sie mit Appetit?

ARGAN Ja, Herr Doktor.

TOINETTE Lunge. Trinken Sie gern etwas Wein?

ARGAN Ja, Herr Doktor.

TOINETTE Lunge. Werden Sie nach der Mahlzeit schläfrig und machen Sie gern ein Nickerchen?

ARGAN Ja, Herr Doktor.

TOINETTE Lunge. Ich sage Ihnen, es ist die Lunge. Welche Diät schreibt Ihr Arzt vor?

ARGAN Suppe.

TOINETTE Ignorant.

ARGAN Geflügel.

TOINETTE Ignorant.

ARGAN Kalbfleisch.

TOINETTE Ignorant.

ARGAN Fleischbrühe.

TOINETTE Ignorant.

ARGAN Frische Eier.

TOINETTE Ignorant.

ARGAN Und vor allem muß ich den Wein stark gewässert trinken.

TOINETTE Ignorantus, ignoranta, ignorantum. Sie müssen Ihren Wein pur trinken; und um das Blut zu verdicken, das viel zu dünn ist, sollten Sie gutes, fettes Rindfleisch essen, gutes, fettes Schweinefleisch, guten holländischen Käse, Grütze und Reis, Kastanien und Waffeln. Ihr Arzt ist ein Untier. Ich werde Ihnen einen Kollegen schicken und Sie von Zeit zu Zeit aufsuchen, sooft ich in diese Stadt komme.

ARGAN Ich bin Ihnen sehr verbunden.

TOINETTE Und was tun Sie mit dem Arm?

ARGAN Wie bitte?

TOINETTE Diesen Arm würde ich mir an Ihrer Stelle sofort abnehmen lassen.

ARGAN Aber warum denn?

TOINETTE Merken Sie nicht, daß er die ganze Nahrung an sich zieht und die andere Seite verkümmern läßt?

ARGAN Ja, aber ich brauche doch meinen Arm.

TOINETTE Da ist auch ein rechtes Auge, das ich an Ihrer Stelle stillegen lassen würde.

ARGAN Ein Auge stillegen?

TOINETTE Sehen Sie nicht, daß es das andere Auge stört und ihm Nahrung entzieht? Glauben Sie mir, mein Lieber: möglichst schnell weg damit, dann sehen Sie auf dem linken viel besser.

ARGAN Das kann nicht so eilig sein.

TOINETTE Leben Sie wohl. Es tut mir leid, daß ich Sie schon verlassen muß; aber ich werde bei einem großen Konsilium erwartet – der Patient ist gestern gestorben.

ARGAN Der Patient ist gestern gestorben?

TOINETTE Wir müssen besprechen, was zu tun gewesen wäre, um ihn zu retten. Auf Wiedersehen.

ARGAN Sie wissen, daß Kranke ihre Besuche nie hinausbegleiten. *Toinette geht*

BÉRALDE Dieser Doktor scheint wirklich tüchtig zu sein.

ARGAN Ja, aber er geht sehr flott drauf los.

BÉRALDE So sind alle großen Ärzte.

ARGAN Einen Arm abnehmen und ein Auge stillegen, damit es die andere Seite besser hat? Mir ist viel lieber, daß sie es nicht besser hat. Das wäre noch schöner, einäugig und einarmig zu sein!

Elfte Szene

Toinette, Argan, Béralde

TOINETTE Nein, gnädiger Herr, nein, wirklich, das ist kein Spaß!

ARGAN Was denn?

TOINETTE Ihr Herr Doktor – der wollte mir ... den Puls fühlen.

ARGAN Ich bitte dich – mit neunzig Jahren!

BÉRALDE Lieber Bruder, da du dich ja mit deinem Doktor Purgon überworfen hast, darf ich jetzt mit dir über den Heiratskandidaten für meine Nichte sprechen?

ARGAN Nein, Bruder; ich will sie ins Kloster schicken, weil sie sich meinem Willen widersetzt hat. Ich weiß sehr gut, daß sich eine kleine Liebelei angesponnen hat. Ich weiß sogar von einer heimlichen Begegnung, von der niemand weiß, daß ich von ihr weiß.

BÉRALDE Aber, lieber Bruder, eine gegenseitige Neigung wäre doch kein Verbrechen; und was wäre denn deiner Würde abträglich, wenn alles mit einer so ehrenwerten Lösung wie einer Heirat endete?

ARGAN So oder so, Bruder, sie wird Nonne, das ist nicht mehr zu ändern.

BÉRALDE Du willst jemandem einen Gefallen tun.

ARGAN Ja, ja, ich weiß, was du meinst. Das alte Lied: du magst meine Frau nicht.

BÉRALDE Richtig, lieber Bruder. Ganz offen gesagt: ich meine deine Frau. Ebenso wie deine medizinische Verbohrtheit bedrückt mich die Verbohrtheit, mit der du an ihr hängst. Blindlings läufst du in jede Falle, die sie dir stellt.

TOINETTE *zu Béralde* Nein, gnädiger Herr, kein Wort über die gnädige Frau. Das ist eine Frau, die keinem Menschen etwas vormacht; sie liebt den gnädigen Herrn, sie liebt ihn ... das kann man wirklich nicht sagen.

ARGAN Frag doch Toinette, wie zärtlich sie ist.

TOINETTE Ja, das stimmt.

ARGAN Wie sehr mein Gesundheitszustand sie beunruhigt.

TOINETTE Ganz gewiß.

ARGAN Ihre Sorgfalt und ihre Mühe bei meiner Pflege.

TOINETTE Sicherlich. *zu Béralde* Darf ich Sie überzeugen und Ihnen zeigen, wie sehr die gnädige Frau den gnädigen Herrn liebt? *zu Argan* Gnädiger Herr, darf ich dem gnädigen Herrn die Augen öffnen und ihm beweisen, daß er unrecht hat?

ARGAN Wie denn?

TOINETTE Die gnädige Frau wird zurückkommen. Setzen Sie sich hierher *sie deutet auf den Fauteuil*, strecken Sie alle Glieder von sich und stellen Sie sich tot. Wir werden ihren Schmerz erleben, wenn ich ihr die Trauerbotschaft melde.

ARGAN Ja, das tu' ich gern.

TOINETTE Gut; nur lassen Sie sie nicht zu lange in der Verzweiflung, sonst stirbt sie uns noch.

ARGAN Das laß meine Sorge sein.

TOINETTE *zu Béralde* Sie verstecken sich dort drüben.

ARGAN Aber ist es nicht ungesund, sich tot zu stellen?

TOINETTE Nein, nein, es ist ganz ungefährlich. Strecken Sie sich da aus. *leise zu Argan* Das wird ein Spaß, ihn in Verlegenheit zu bringen. Da kommt die gnädige Frau schon. Spielen Sie gut!

Zwölfte Szene

Béline, Toinette, Argan, Béralde

TOINETTE *schreiend* Oh, mein Gott! Wehe, wehe! So ein schreckliches Unglück!

BÉLINE Was ist denn, Toinette?

TOINETTE Oh, gnädige Frau!

BÉLINE Was gibt es?

TOINETTE Ihr Mann ist tot.

BÉLINE Mein Mann ist tot?

TOINETTE Ja. Der arme Dahingegangene ist verschieden.

BÉLINE Wirklich?

TOINETTE Wirklich. Niemand weiß es noch – ich war ganz allein hier. In meinen Armen ist er verewigt. Da sehen Sie ihn hingestreckt.

BÉLINE Gott sei Dank! Jetzt bin ich von einer großen Last befreit. Und du bist dumm, Toinette, daß dieser Tod dich betrübt.

TOINETTE Ich dachte, gnädige Frau, daß man weinen sollte.

BÉLINE Ach, schade um die Mühe. Was geht denn mit ihm verloren? Wozu war er denn gut? Allen Menschen war er lästig, er war unsauber, widerwärtig, immer mit einem Einlauf oder einem Medikament im Bauch, schnaufend, hustend, spuckend, ohne Geist, langweilig, launisch, mühsam für seine Umgebung, Tag und Nacht eine Plage für das Personal.

TOINETTE Das ist ein schöner Nachruf.

BÉLINE Toinette, du wirst mir jetzt bei dem, was ich vorhabe, behilflich sein. Und wenn du mir treu dienst, ist dir deine Belohnung sicher. Zum Glück weiß noch niemand von der Sache, also tragen wir ihn in sein Bett und halten wir den Tod geheim, bis ich einiges erledigt habe. Irgendwo sind Papiere, und irgendwo ist Geld. Das alles will ich an mich nehmen. Es wäre ungerecht, wenn ich meine schönsten Jahre mit ihm verbracht hätte, ohne daß etwas für mich herausschaut. Komm, Toinette, holen wir uns zuerst alle Schlüssel.

ARGAN *steht mit einem Ruck auf* Halt!

BÉLINE *überrascht und erschrocken* Ah!

ARGAN So liebst du mich also, du, meine Ehegattin?

TOINETTE Ah, ah! Der Dahingegangene ist nicht verschieden.

ARGAN *zu Béline, die sich zum Gehen wendet* Ich freue mich, daß ich deine Zuneigung erkannt habe und daß ich dein Loblied auf mich hören durfte. Diese Lektion macht mich für alle Zeiten vernünftig und läßt mich viele Pläne für die Zukunft aufgeben.

BÉRALDE Siehst du, mein lieber Bruder!

TOINETTE Nein, das hätte ich nie gedacht! Aber ich höre Ihre Tochter kommen. Legen Sie sich wieder hin wie früher, daß wir merken, wie sie Ihren Tod aufnimmt. Es ist gar nicht schlecht, so etwas zu erleben; wenn Sie schon einmal dabei sind, erfahren Sie jetzt gleich, mit welchen Gefühlen Ihre ganze Familie an Ihnen hängt.

Dreizehnte Szene

Angélique, Argan, Toinette, Béralde

TOINETTE *schreiend* O Gott! Ah, ah! Ein furchtbares Unglück! Ein Unglückstag!

ANGÉLIQUE Was hast du, Toinette, warum weinst du?

TOINETTE Ach, ich habe eine schlimme Nachricht für Sie.

ANGÉLIQUE Was denn?

TOINETTE Ihr Vater ist tot.

ANGÉLIQUE Mein Vater ist tot, Toinette?

TOINETTE Ja; hier sehen Sie ihn, eben gestorben ... ein plötzlicher Schwächeanfall.

ANGÉLIQUE Mein Gott, welch ein Mißgeschick, welch ein grausames Verhängnis! Ach, mußte ich ihn denn verlieren, das einzige, das mir auf Erden geblieben war, und – welch ein Übermaß an Leid – und auch noch in einem Augenblick, in dem er mir zürnte? Ich Unglückliche! Was soll aus mir werden, wo finde ich Trost nach solch einem Verlust?

Vierzehnte Szene

Cléante, Angélique, Argan, Toinette, Béralde

CLÉANTE Was haben Sie, schöne Angélique? Welches Unglück beweinen Sie?

ANGÉLIQUE Ich beweine das Liebste und das Kostbarste, das ich verlieren konnte: ich beweine den Tod meines Vaters.

CLÉANTE Himmel, welch ein Unheil, welch ein unerwarteter Schicksalsschlag! Ach, nachdem ich Ihren Onkel beschworen habe, sich bei ihm für mich zu verwenden, komme ich, ihn aufzusuchen, verehrungsvoll und demütig sein Herz günstig zu stimmen, daß er Sie meinen Wünschen nicht länger versage.

ANGÉLIQUE O Cléante, kein Wort mehr davon! Entsagen wir all unseren Wünschen. Nach dem Tod meines Vaters fliehe ich die Welt für alle Zeit. Ja, mein Vater, wenn ich mich eben noch Ihrem Willen widersetzte, will ich jetzt wenigstens einen Ihrer Wünsche erfüllen und so den Kummer wiedergutmachen, den Ihnen bereitet zu haben ich mich anklage. Lassen Sie mich Ihnen, mein Vater, hier mein Wort geben und Sie zum Zeichen der Reue umarmen.

ARGAN *aufstehend* Oh, meine Tochter!

ANGÉLIQUE *entsetzt* Ah!

ARGAN Komm und fürchte dich nicht. Ich bin nicht tot. Ja: du bist mein Blut, du bist meine wirkliche Tochter; wie bin ich froh, daß ich deine gute Natur erkannt habe!

ANGÉLIQUE Welch eine wundervolle Überraschung, mein Vater! Der Himmel beschenkt mich in seiner unermeßlichen Güte und gibt Sie mir wieder; so lassen Sie mich zu Ihren Füßen eine flehentliche Bitte wagen: wenn Sie der Neigung meines Herzens nicht zustimmen, wenn Sie mir Cléante als Gatten versagen, beschwöre ich Sie, mich nicht zur Ehe mit einem anderen zu zwingen. Ich erbitte diese Gnade und keine andere.

CLÉANTE *auf den Knien* Lassen Sie sich auch von meinen Bitten rühren, mein Herr, versagen Sie sich nicht dem holden Drängen zweier Herzen, die zueinander streben.

BÉRALDE Kannst du da noch länger zögern, mein Bruder?

TOINETTE Gnädiger Herr, kann soviel Liebe Sie nicht rühren?

ARGAN Wenn er Arzt wird, sage ich ja. Werden Sie Arzt, dann gebe ich Ihnen meine Tochter.

CLÉANTE Mit Vergnügen, mein Herr; wenn es nur *da*von abhängt, daß ich Ihr Schwiegersohn werde, will ich Arzt sein, sogar Apotheker, wenn Sie es wünschen. Das spielt keine Rolle; ich würde noch ganz andere Dinge tun, um die schöne Angélique zu erringen.

BÉRALDE Lieber Bruder, jetzt kommt mir ein Gedanke: du mußt selbst Arzt werden. Es ist doch noch bequemer, wenn du alles, was du brauchst, in dir selbst findest.

TOINETTE Ja, das ist wahr. Und jetzt wissen wir auch, wie Sie am schnellsten gesund werden können. Es gibt ja keine noch so verwegene Krankheit, die sich mit einem Mediziner einlassen würde.

ARGAN Mir scheint, du machst dich über mich lustig, Bruder. Kann ich denn in meinem Alter studieren?

BÉRALDE Studieren – ich bitte dich! Du weißt ja schon genug; es gibt viele, die auch nicht begabter sind als du.

ARGAN Aber man muß gut Latein sprechen können, man muß die Namen der Krankheiten und der geeigneten Arzneien wissen.

BÉRALDE Du ziehst die Tracht an, du setzt den Hut auf, und schon beherrschst du das alles und bist viel gelehrter, als dir lieb ist.

ARGAN Was? Man kann die Fachsprache der Medizin, wenn man die Tracht trägt?

BÉRALDE Gewiß; durch die Tracht und den Hut wirkt jeder Unsinn gelehrt und jede Dummheit vernünftig.

TOINETTE Und vor allem müssen Sie bedenken, gnädiger Herr, wieviel allein schon Ihr Bart ausmacht! Der Bart bedeutet ja mehr als die Hälfte eines Doktors.

CLÉANTE Ich bin jedenfalls zu allem bereit.

BÉRALDE Sollen wir es jetzt gleich erledigen?

ARGAN Was denn – jetzt gleich?

BÉRALDE Ja, und hier in deinem Haus.

ARGAN In meinem Haus?

BÉRALDE Warum nicht?! Ich bin mit einer Fakultät befreundet; sie wird binnen kürzester Zeit hier sein und die Zeremonie vornehmen. Völlig kostenlos.

ARGAN Aber was sage ich, was antworte ich?

BÉRALDE Das bringt man dir bei. Du bekommst deinen Text und kannst ihn ablesen. Jetzt kleide dich nur gleich entsprechend festlich an, inzwischen lasse ich die Herren holen.

ARGAN Nein, so etwas! *er geht*

CLÉANTE Was meinen Sie, was soll diese befreundete Fakultät?

TOINETTE Was haben Sie vor?

BÉRALDE Eine kleine Unterhaltung zum Ausklang des Abends. Eine Truppe von Komödianten hat eine Promotion vorbereitet, mit Musik und Tanz, das wollen wir miteinander ansehen und anhören, und mein Bruder soll die Hauptrolle spielen.

ANGÉLIQUE Ach, lieber Onkel, springen Sie nicht etwas zu heftig mit meinem Vater um?

BÉRALDE Gehe ich denn dabei nicht auf seine phantastischen Ideen ein? Das alles bleibt natürlich unter uns. Wir vier können auch Rollen in dem Spiel übernehmen und uns an der Komödie beteiligen. Der Karneval entschuldigt alles.

CLÉANTE *zu Angélique* Stimmen Sie zu?

ANGÉLIQUE Ja, da mein Onkel uns dazu auffordert.

Die Szene wird aufgebaut: eine Art Thronsessel und Bankreihen. Acht Klistierspritzenträger, sechs Apotheker, zweiundzwanzig Ärzte, zehn Chirurgen treten auf.

PRAESES

Savantissimi Doctores,
Medicinae Professores,
Qui hic assemblati estis,
Et vos altri Messiores,
Sententiarum Facultatis
Fideles executores,
Chirurgiani et Apothicari,
Atque tota Compania,

Salus, honor et argentum
Atque bonum appetitum.

Non possum, Doctri Confreri,
En moi satis admirari,
Qualis bona inventio
Est Medici professio:

Quam bella chosa est et bene trovata,
Medicina illa benedicta,
Quae suo nomine solo
Surprenanti miraculo,
Depuis si longo tempore
Facit a gogo vivere
Tant de gens omni genere.

Per totam terram videmus
Grandam vogam ubi sumus,
Et quod grandes et petiti
Sunt de nobis infatuti:
Totus mundus currens ad nostros remedios,
Nos regardat sicut Deos,
Et nostris ordonnanciis
Principes et Reges sumissos videtis.

Donque il est nostrae sapientiae,
Boni sensus atque prudentiae,
De fortement travaillare,
A nos bene conservare
In tali credito, voga et honore;
Et prendere gardam a non recevere
In nostro docto corpore
Quam personas capabiles,
Et totas dignas ramplire
Has placas honorabiles.

Ergo convocati estis,
Et credo quod trovabitis
Dignam matieram medici,
In savanti homine ibi:
Lequel in chosis omnibus
Dono ad interrogandum,
Et a fond examinandum
Vostris capacitatibus.

PRIMUS DOCTOR

Si mihi licenciam dat Dominus Praeses,
Et tanti docti Doctores,
Et assistantes illustres,
Tres-savanti Bacheliero,
Quem estimo et honoro,
Domandabo causam et rationen, quare
Opium facit dormire?

ARGAN *ablesend*

Mihi a docto Doctore
Domandabo causam et rationem, quare
Opium facit dormire?
A quoi respondeo,
Quia est in eo
Virtus dormitiva,
Cujus est natura
Sensus assoupire.

CHORUS

Bene, bene, bene, bene respondere:
Dignus, dignus est entrare
In nostro docto corpore.
Bene, bene respondere.

SECUNDUS DOCTOR

Cum permissione Domini Praesidis,

Doctissimae Facultatis,
Et totius his nostris actis
Companiae assistantis,
Domandabo tibi, docte Bacheliere,
Quae sunt remedia,
Quae in maladia
Ditte hidropisia
Convenit facere.

ARGAN

Clisterium donare,
Postea seignare,
Ensuitta purgare.

CHORUS

Bene, bene, bene, bene respondere:
Dignus, dignus est entrare
In nostro docto corpore.

TERTIUS DOCTOR

Si bonum semblatur Domino Praesidi,
Doctissimae Facultati
Et Companiae praesenti,
Domandabo tibi, docte Bacheliere,
Quae remedia Eticis,
Pulmonicis atque Astmaticis
Trovas a propos facere.

ARGAN

Clisterium donare,
Postea seignare,
Ensuitta purgare.

CHORUS

Bene, bene, bene, bene respondere:
Dignus, dignus est entrare
In nostro docto corpore.

QUARTUS DOCTOR

Super illas maladias,
Doctus Bachelierus dixit maravillas:
Mais si non ennuio Dominum Praesidem,
Doctissimam Facultatem,
Et totam honorabilem
Companiam ecoutantem;
Faciam illi unam questionem,
Des hiero maladus unus
Tombavit in meas manus:
Habet grandam fievram cum redoublamentis,
Grandam dolorem capitis,
Et grandum malum au coste,
Cum granda difficultate
Et pena respirare:
Veillas mihi dire,
Docte Bacheliere,
Quid illi facere.

ARGAN

Clisterium donare,
Postea seignare,
Ensuitta purgare.

QINTUS DOCTOR

Mais si maladia
Opinatria,
Non vult se garire,
Quid illi facit facere?

ARGAN

Clisterium donare,
Postea seignare,
Ensuitta purgare,
Reseignare, repurgare, et reclisterisare.

CHORUS

Bene, bene, bene, bene respondere:
Dignus, dignus est entrare
In nostro docto corpore.

PRAESES

Juras gardare statut
Per Facultatem praescripta,
Cum sensu et jugeamento?

ARGAN

Juro.

PRAESES

Essere in omnibus
Consultationibus
Ancieni aviso;
Aut bono,
Aut mauvaiso?

ARGAN

Juro.

PRAESES

De non jamais te servire
De remediis aucunis,
Quam de ceux seulement doctae Facultatis;
Maladus deust-il crevare
Et mori de suo malo?

ARGAN

Juro.

PRAESES

Ego cum isto boneto
Venerabili et docto,

Dono tibi et concedo
Virtutem et puissanciam,
Medicandi,
Purgandi,
Seignandi,
Percandi,
Taillandi,
Coupandi,
Et occidendi
Impune per totam terram.

ARGAN

Grandes Doctores doctrinae,
De la Rhubarbe et du Sene:
Ce seroit sans douta a moi chosa folla,
Inepta et ridicula,
Si j'alloibam m'engageare
Vobis louangeas donare,
Et entreprenoibam adjoutare
Des Lumieras au Soleillo,
Et des Etoilas au Cielo,
Des Ondas a l'Oceano,
Et des Rosas au Printanno;
Agreate qu'avec uno moto
Pro toto remercimento
Randam gratiam corpori tam docto,
Vobis, vobis debeo
Bien plus qu'a naturae, et qu'a patri meo,
Natura et pater meus
Hominem me habent factum:
Mais vos me, ce qui est bien plus,
Avetis factum Medicum,
Honor, favor, et gratia,
Qui in hoc corde que voila,
Imprimant ressentimenta
Qui dureront in secula.

CHORUS

Vivat, vivat, vivat, vivat, cent fois vivat,
Novus Doctor, qui tam bene parlat,
Mille, mille annis, et manget et bibat,
Et seignet et tuat.

CHIRURGUS

Puisse-t'il voir doctas
Suas Ordonnancias,
Omnium Chirurgorum,
Et Apotiquarum
Remplire boutiquas.

CHORUS

Vivat, vivat, vivat, vivat, cent fois vivat,
Novus Doctor, qui tam bene parlat,
Mille, mille annis, et manget et bibat,
Et seignet et tuat.

CHIRURGUS

Puisse toti anni,
Lui essere boni
Et favorabiles,
Et n'habere jamais
Quam pestas, verolas,
Fievras, pluresias,
Fluxus de sang et dissenterias.

CHORUS

Vivat, vivat, vivat, vivat, cent fois vivat,
Novus Doctor, qui tam bene parlat,
Mille, mille annis, et manget et bibat,
Et seignet et tuat.

Postscriptum

Das Stück beginnt im Original mit einem Prolog, der in einer ländlichen Gegend spielt. Schäferinnen, Hirtinnen, Schäfer und Hirten singen und tanzen und huldigen dem König Ludwig. Zwischen dem ersten und zweiten Akt begeben sich auf einer Straße gesungene und getanzte Szenen zwischen Polichinell, einer alten Frau und Wächtern; die gesungenen Texte sind teilweise in italienischer Sprache abgefaßt. Zwischen dem zweiten und dritten Akt treten singende und tanzende Zigeuner auf, die Béralde mitgebracht hat, um Argan zu zerstreuen. Weder der Prolog noch die beiden Zwischenspiele haben den geringsten Zusammenhang mit der Handlung der Komödie.

Der Text des abschließenden sogenannten Zwischenspiels wird hier abgedruckt, da zwar der erste und der zweite Akt ohne gesungene und getanzte Einlagen für sich bestehen können, der dritte Akt aber eines brauchbaren dialogischen Endes ermangelt. Erfahrungsgemäß fehlt etwas, wenn man die Promotions-Szene wegläßt; führt man sie jedoch vor, wird sie als unmotivierte Zutat empfunden. *H. W.*

Die Gaunereien des Scappino
(Les Fourberies de Scapin)
Komödie in drei Akten

LES FOURBERIES DE SCAPIN.

Personen

ARGANTE, Vater des Octavio und der Zerbinetta
GERONTE, Vater des Leandro und der Giacinta
OCTAVIO, Sohn des Argante, in Giacinta verliebt
LEANDRO, Sohn des Geronte, in Zerbinetta verliebt
ZERBINETTA, eine Zigeunerin, verlorengeglaubte Tochter des Argante, in Leandro verliebt
GIACINTA, Tochter des Geronte, in Octavio verliebt
SCAPPINO, ein Gauner, Bedienter des Leandro
SILVESTRO, Bedienter des Octavio
NERINA, Amme der Giacinta
CARLO, ein Gauner, mit Scappino befreundet

Die Handlung begibt sich in Neapel

Der Übersetzer empfiehlt – er schreibt nicht vor –, die Namen ›Argante‹ und ›Geronte‹ gleichfalls italienisch auszusprechen, also: die beiden Schluß-E wie in ›Andante‹, das G in ›Argante‹ wie in ›Largo‹, das G in ›Geronte‹ wie in ›Adagio‹, eben dieses G auch in ›Giacinta‹. H. W.

Erster Akt

Erste Szene

Octavio, Silvestro

OCTAVIO Das sind schlimme Nachrichten für ein liebendes Herz. Ach, Silvestro, ich sehe mich in der ärgsten Bedrängnis! Du hast im Hafen gehört, daß mein Vater zurückkommt.

SILVESTRO Ja.

OCTAVIO Daß er schon an diesem Morgen kommt.

SILVESTRO Schon heute morgen.

OCTAVIO Und mit der Absicht, mich zu verheiraten.

SILVESTRO Ja.

OCTAVIO Mit einer Tochter des Herrn Geronte.

SILVESTRO Des Herrn Geronte.

OCTAVIO Und daß sich diese Tochter deshalb auf dem Weg von Tarent hierher befindet.

SILVESTRO Ja.

OCTAVIO Du erfuhrst diese Neuigkeiten von meinem Onkel.

SILVESTRO Von Eurem Onkel.

OCTAVIO Dem sie mein Vater in einem Brief mitgeteilt hat.

SILVESTRO In einem Brief mitgeteilt hat.

OCTAVIO Und dieser Onkel, sagst du, weiß alles, was uns betrifft.

SILVESTRO Alles, was uns betrifft.

OCTAVIO Willst du wohl reden?! Laß dir doch nicht jedes Wort aus dem Mund ziehen!

SILVESTRO Was sollte ich denn noch mehr sagen, Herr?! Ihr vergeßt ja keine Einzelheit und sagt selbst alles ganz genau so, wie es ist.

OCTAVIO Tröste mich doch wenigstens – sag mir, was ich in meiner grausamen Bedrängnis tun soll.

SILVESTRO Meiner Treu, Herr, ich bin ja ganz so ratlos wie Ihr und könnte selbst einen Ratgeber sehr gut brauchen.

OCTAVIO Diese unselige Rückkehr bringt mich ins Grab.

SILVESTRO Mich nicht minder.

OCTAVIO Erfährt mein Vater, was geschehen ist, dann wird sogleich ein Hagel von gewaltigen Vorwürfen auf mich niedergehen.

SILVESTRO Ach, Vorwürfe wären das wenigste; Gott gebe, daß auf mich nichts anderes niederginge als Vorwürfe. Aber ich merke: ich werde Eure Narrenstreiche viel teurer zu bezahlen haben; langsam sehe ich schon die Stockhiebe Gestalt gewinnen, die auf meinen Buckel niedersausen werden.

OCTAVIO Himmel, wie rette ich mich aus dieser Not?

SILVESTRO Das hättet Ihr Euch überlegen müssen, ehe Ihr Euch in sie hineinbegeben habt.

OCTAVIO Ach, du machst mich krank mit deinen nachträglichen guten Lehren.

SILVESTRO Ihr macht mich noch viel kranker mit Eurer Unbesonnenheit.

OCTAVIO Was tun? Was beginnen? Wo Hilfe finden?

Zweite Szene

Scappino, Octavio, Silvestro

SCAPPINO Herr Octavio, was habt Ihr denn? Was gibt's? Ist etwas nicht so, wie es sein soll? Ihr scheint mir ja ganz außer Euch zu sein.

OCTAVIO Ach, mein guter Scappino, ich bin verloren, ich bin verzweifelt, ich bin der unseligste Mensch unter der Sonne.

SCAPPINO Wie das?

OCTAVIO Hast du denn nichts über meine Lage vernommen?

SCAPPINO Nein, Herr.

OCTAVIO Mein Vater kommt mit dem Herrn Geronte, um mich zu verheiraten.

SCAPPINO Nun, und was ist daran so schauderhaft?

OCTAVIO Ach, du ahnst ja nicht, was mich so verzweifelt macht.

SCAPPINO Nein, aber es hängt von Euch ab, ob ich es gleich erfahre. Und ich bin ein guter Tröster, ein Mann, dem die Sorgen der jungen Leute nahegehen.

OCTAVIO O Scappino, wenn du einen Einfall hättest, irgendeine Finte ausdenken könntest, um mich aus dieser Qual zu erlösen, ich glaube, ich hätte dir mehr als mein Leben zu danken.

SCAPPINO Wenn ich ganz ehrlich sein darf, gnädiger Herr Octavio: ich glaube, es gibt kaum ein Ding, das mir unmöglich wäre, sobald ich den Entschluß fasse, mich damit zu beschäftigen. Der Himmel hat mich mit einer recht ansehnlichen Fertigkeit im Hervorbringen von allerlei geistreichen Spitzfindigkeiten ausgestattet, von besonderen Heldenstücken, die man so arg mißzuverstehen pflegt, wenn man sie als Gaunereien bezeichnet; ich kann ohne Überhebung sagen, daß wohl noch nie ein derart gerissener Schöpfer von Kniffen und Winkelzügen bekannt war, welcher mehr Berechtigung gehabt hätte, als Meister seines Fachs gefeiert zu werden. Doch ach, das Verdienst wird heutzutage nicht gebührend anerkannt; und nach einer bösen Erfahrung, die mir kürzlich zuteil wurde, habe ich mich gänzlich zurückgezogen.

OCTAVIO Wie das, Scappino, was für eine Erfahrung?

SCAPPINO Ein Abenteuer, bei welchem ich mich mit der Justiz verfeindet habe.

OCTAVIO Mit der Justiz?

SCAPPINO Ja. Wir hatten eine kleine Auseinandersetzung miteinander.

OCTAVIO Du und die Justiz?

SCAPPINO Ja. Sie hat sich sehr schlecht gegen mich benommen, und so wurde ich von der Undankbarkeit dieses Zeitalters derart angewidert, daß ich beschloß, künftig nichts mehr zu unternehmen. Schluß damit! Doch das soll Euch nicht hindern, mir Eure Geschichte zu erzählen.

OCTAVIO Wie du weißt, Scappino, begab sich mein Vater mit Herrn Geronte vor zwei Monaten auf eine Seereise, um einen Handel abzuschließen, mit dem sie beide befaßt waren.

SCAPPINO Ja, das weiß ich.

OCTAVIO Beim Abschied übergaben unsere Väter mich der Obhut Silvestros und Leandro deiner Obhut.

SCAPPINO Ja, und ich habe mich dieser Aufgabe bestens entledigt.

OCTAVIO Kurz darauf lernte Leandro eine junge Zigeunerin kennen und lieben.

SCAPPINO Auch das ist mir bekannt.

OCTAVIO Da wir miteinander innig befreundet sind, weihte er mich gleich in seine Liebe ein und machte mich mit dem Mädchen bekannt, das ich zwar schön fand, aber doch, ganz ehrlich gesagt, nicht so schön, wie er es von mir erwartete. Tagaus, tagein sprach er nur von ihr, erging sich in übertriebenen Lobpreisungen ihrer Schönheit und ihrer Anmut, er rühmte ihren Geist in den höchsten Tönen und erzählte begeistert von den anmutigen Gesprächen, die er mit ihr führte und deren unbedeutendste Wendungen er mir wiedergab, um sie von mir als höchst klug und witzig bezeichnet zu hören. Manchmal schalt er mich, weil ich, wie er sagte, seinen Erzählungen nicht die rechte Aufmerksamkeit erwies, und immer wieder warf er mir meine Gleichgültigkeit gegen die wahre Leidenschaft der Liebe vor.

SCAPPINO Ich kann nicht recht sehen, worauf das alles hinauslaufen soll.

OCTAVIO Als ich ihn eines Tages zu den Leuten begleite, welche den Gegenstand seiner Neigung beherbergen, hören wir aus einem kleinen Haus in einer abgelegenen Gasse Klagen und heftiges Weinen. Wir fragen, was das bedeuten soll, und erfahren von einer verzweifelten Frau, daß wir Zeugen einer traurigen Begebenheit seien und daß uns das Schicksal dieser Fremden gewiß rühren werde, wenn wir einen Funken von Gefühl in uns haben.

SCAPPINO Und was soll das alles?

OCTAVIO Meine Neugier veranlaßte Leandro und mich, die Vorgänge aus der Nähe zu betrachten. Wir traten ein und sahen in einem großen Raum eine sterbende alte Frau, an ihrer Seite eine bekümmerte Dienerin und, ganz in Tränen aufgelöst, das allerschönste und allerliebste Mädchen der Welt.

SCAPPINO Oh, oh!

OCTAVIO Jede andere hätte in diesem Zustand abstoßend gewirkt: sie trug nur ein armseliges Röckchen und eine Nachtjacke aus einfachem Barchent. Ihr gelbes Häubchen hatte sich verschoben und ließ ihre Haare ungeordnet auf die Schultern fallen. Und doch: auch so blieb sie unendlich reizend, ihr ganzes Wesen war nur Zauber und Anziehung.

SCAPPINO Jetzt merke ich, wie es weitergeht.

OCTAVIO Hättest du sie gesehen, Scappino, selbst in diesem Zustand, du hättest sie liebenswert gefunden.

SCAPPINO Ja, daran zweifle ich nicht; auch ohne sie gesehen zu haben, sehe ich, wie reizend sie aussah.

OCTAVIO Ihre Tränen waren nicht von jener Art, die ein Antlitz verunstalten. Die Anmut, mit welcher sie weinte, war herzbewegend, ihr Schmerz war der wunderschönste Schmerz der Welt.

SCAPPINO Das alles sehe ich genau.

OCTAVIO Keiner hätte trockenen Auges mitansehen können, wie sie sich voll Liebe über die Sterbende beugte, die sie ihre geliebte Mutter nannte; jedem mußte soviel zärtliche Güte das Herz zerreißen.

SCAPPINO Ja, das ist wirklich rührend, und ich sehe, daß dieses zärtliche Gemüt Euer Herz bezwungen hat.

OCTAVIO Ach, Scappino, selbst ein Barbar hätte sie geliebt!

SCAPPINO Sicherlich. Wer könnte da denn widerstehen?!

OCTAVIO Nachdem ich versucht hatte, den Schmerz der schönen Verzweifelten durch einige Worte zu lindern, gingen wir. Auf meine Frage, wie er dieses Wesen finde, erklärte Leandro gelassen, sie scheine ihm recht hübsch. Seine Kälte erbitterte mich so sehr, daß ich ihm verschwieg, wie tief ihre Schönheit meine ganze Seele erfüllte.

SILVESTRO Wenn Ihr diesen Bericht nicht abkürzt, stehen wir noch morgen hier. Laßt mich die Sache mit zwei Worten zu Ende bringen. *zu Scappino* Er hat in diesem Augenblick Feuer gefangen. Er konnte nicht weiterleben, ohne seine reizende Verzweifelte zu trösten. Die Dienerin Nerina hat nach dem Tod der Mutter die Aufsicht übernommen und verbittet sich die häufigen Besuche. Nun ist er untröstlich. Er bittet, fleht, drängt ... alles vergeblich. Das Mädchen, so erfährt er, ist mittellos und ohne Stütze, ist aus gutem Haus und duldet die Annäherung keines Mannes, der nicht Heiratsabsichten hat. Diese Schwierigkeiten steigern seine Liebe. Er ist unschlüssig, er überlegt, besinnt sich, erwägt, entschließt sich. Vor drei Tagen hat er Fräulein Giacinta geheiratet.

SCAPPINO Ich verstehe.

SILVESTRO Jetzt denk dir dazu die unvermutete Rückkehr des Vaters, den man erst in zwei Monaten erwartete, die Entdeckung der heimlichen Eheschließung durch den Onkel, das Projekt seiner Verheiratung mit der Tochter des Herrn Geronte aus dessen zweiter Ehe, die er in Tarent geschlossen haben soll.

OCTAVIO Und zu alledem und vor allem die Bedürftigkeit dieses reizenden Wesens und meine Ohnmacht, sie zu unterstützen.

SCAPPINO Das war alles? Und die beiden jungen Herren machen sich Sorgen wegen nichts und wieder nichts? Es gibt doch wahrhaftig keinen Grund, um unruhig zu werden! Und du, Silvestro, du schämst dich nicht, daß du wegen einer derartigen Kleinigkeit in Verlegenheit gerätst? Himmelherrgottnocheinmal, du bist dick und fett für zwei und dir fällt nichts ein, du denkst dir nichts aus, du hast nicht Geist genug für ein kleines Manöver, einen gediegenen Feldzugsplan, um eure Sache in Ordnung zu bringen?! Pfui! Zum Teufel mit so einem hilflosen Tropf! Ja, seinerzeit – wenn ich damals unsere beiden Alten zu hintergehen gehabt hätte, alle beide wären sie mir ins Netz gegangen; schon als ich *so* klein war, hat man mich wegen meiner hübschen Kunststücke angestaunt.

SILVESTRO Leider hat mir der Himmel nicht deine Gaben verliehen, Scappino, und auch keine Neigung, Händel mit der Justiz zu suchen.

OCTAVIO Hier kommt meine reizende Giacinta.

Dritte Szene

Giacinta, Octavio, Scappino, Silvestro

GIACINTA Ach, Octavio, ist es wahr, was Silvestro meiner Nerina erzählt hat, ist dein Vater zurückgekommen, will er dich verheiraten?

OCTAVIO Ja, schöne Giacinta, und diese Nachricht hat mich ins Herz getroffen. Doch was sehe ich? Du weinst? Warum diese Tränen? Kannst du argwöhnen, daß ich treulos sei, bist du meiner Liebe denn nicht gewiß?

GIACINTA Ja, Octavio, ich weiß, daß du mich liebst, doch weiß ich nicht, ob du mich immer lieben wirst.

OCTAVIO Wie könnte man dich lieben und dich nicht ein Leben lang lieben?

GIACINTA Man sagt, Octavio, daß euer Geschlecht weniger lange liebt als das unsere, daß die Glut, welche die Männer erfüllt, von einer Flamme genährt wird, die ebenso leicht erlischt, wie sie sich entzündet.

OCTAVIO Dann ist mein Herz nicht so beschaffen wie die Herzen der Männer; denn ich, liebste Giacinta, ich weiß, daß ich dich bis zum Grab lieben werde.

GIACINTA Ich will glauben, daß du fühlst, was du sagst, und ich zweifle nicht an der Aufrichtigkeit deiner Worte; doch ängstigt mich eine Kraft, welche zärtlichen Regungen deines Herzens feindselig gesinnt ist. Dein Vater, von dem du abhängig bist, will dich mit einer anderen vermählen. Und ich weiß, daß ich sterben müßte, wenn mich dieser Schicksalsschlag träfe.

OCTAVIO Nein, schöne Giacinta, kein Vater kann mich zwingen, dir die Treue zu brechen; eher wäre ich bereit, mein Vaterland, ja, wenn es sein soll, sogar mein Leben zu lassen, als daß ich dich ließe. Noch ehe ich sie gesehen habe, bin ich von fürchterlicher Abneigung gegen jene, die man mir bestimmen will, erfüllt; ohne grausam zu sein, wünschte ich, das Meer möchte sie uns für alle Zeiten entziehen. Drum weine nicht, ich bitte dich, reizende Giacinta, denn deine Tränen sind tödlich; ich kann sie nicht sehen, ohne daß sie mir das Herz brechen.

GIACINTA Da du es wünschest, will ich meine Tränen trocknen und mit Gelassenheit erwarten, was uns nach himmlischem Ratschluß bestimmt ist.

OCTAVIO Der Himmel meint es gut mit uns.

GIACINTA Er kann mir nichts anhaben, solange du mir treu bist.

OCTAVIO Ich bin es ganz gewiß.

GIACINTA Dann bin ich glücklich.

SCAPPINO *für sich* Die ist wirklich gar nicht schlecht, meiner Seel', die ist recht ordentlich.

OCTAVIO Dieser Mensch könnte uns bei allem, was uns not tut, unschätzbare Dienste leisten, wenn er wollte.

SCAPPINO Ich habe heilige Eide geschworen, mich nie wieder auf etwas einzulassen; doch wenn man mich sehr schön bittet, wenn alle beide mich bitten, dann, vielleicht . . .

OCTAVIO Oh, Scappino, wenn deine Unterstützung nur von innigen Bitten abhängt, dann beschwöre ich dich aus meinem tiefsten Herzensgrund, dich an das Steuer unseres Bootes zu begeben.

SCAPPINO *zu Giacinta* Und Ihr, Ihr sagt mir nichts?

GIACINTA Ich beschwöre dich wie er, ich beschwöre dich bei dem, was dir das Teuerste auf dieser Welt ist, dich unserer Liebe anzunehmen.

SCAPPINO Da muß man sich geschlagen geben und menschlich sein. – Gut denn, ich mache mich zu Eurem Diener.

OCTAVIO Glaube mir, daß ich . . .

SCAPPINO St! *zu Giacinta* Ihr geht und verhaltet Euch still.

GIACINTA *geht*

SCAPPINO *zu Octavio* Und Ihr rüstet Euch, der Begegnung mit Eurem Vater standzuhalten.

OCTAVIO Oh, ich gestehe, daß die Aussicht auf diese Begegnung mich zittern macht; ich werde meine angeborene Furchtsamkeit wohl niemals überwinden können.

SCAPPINO Und doch müßt Ihr beim ersten Angriff Festigkeit vortäuschen, sonst macht er sich Eure Schwäche zunutze und gängelt Euch wie ein Kind. Los, legt Euch Eure Haltung zurecht! Seid unerschrocken, und vor allem: antwortet mit Entschlossenheit, was immer er sagen mag.

OCTAVIO Ich will mein Bestes tun.

SCAPPINO Kommt, wir wollen ein wenig üben. Memorieren wir Eure Rolle und sehen wir, ob Ihr sie gut spielt. Also: Die Miene voll Unerschrockenheit, das Haupt erhaben, die Blicke voll Gelassenheit.

OCTAVIO Wie? So?

SCAPPINO Noch etwas mehr.

OCTAVIO Ist es jetzt recht?

SCAPPINO Gut! Stellt Euch vor, daß ich Euer Vater bin, daß ich eben angekommen bin, und antwortet mir mit solcher Festigkeit, als wäre ich er. »Wie, du Halunke, du Galgenstrick, unseliger Sohn eines solchen Vaters, ruchloser Bube, nach derartigen Freveltaten wagst du dich unter meine Augen, nach einem so abenteuerlichen Streich, den du mir, dem Abwesenden, gespielt? Sind das die Früchte meiner Sorgfalt, Schelm, sind dies die Früchte meiner Sorgfalt? Die Achtung, die man mir zollt? Die Verehrung, die man mir schuldet?« – Nun los! – »Hast du die Stirne, Schuft, ohne Zustimmung deines Vaters ein Verlöbnis einzugehen, eine heimliche Eheschließung zu wagen?! Antworte mir, Haderlump, antworte mir doch! Laß mich deine Rechtfertigung hören!« Zum Kuckuck noch einmal, warum macht Ihr denn Euren Mund nicht auf?

OCTAVIO Weil ich mir vorstelle, daß ich meinen Vater höre.

SCAPPINO Aber eben gerade darum dürft Ihr ja nicht tun, als könntet Ihr nicht bis drei zählen.

OCTAVIO Ich will mehr Festigkeit zeigen und entschlossen antworten.

SCAPPINO Wirklich?

OCTAVIO Wirklich.

SILVESTRO Da kommt Euer Vater.

OCTAVIO Himmel, ich bin verloren. *läuft weg*

SCAPPINO Hallo, Herr Octavio, bleibt doch, Herr Octavio! Jetzt läuft er davon! Du armseliges Stück Mensch! Aber wir wollen den Alten trotzdem erwarten.

SILVESTRO Was soll ich ihm sagen?

SCAPPINO Laß mich reden und halte dich an mich.

Vierte Szene

Argante, Scappino, Silvestro

ARGANTE *sich allein glaubend* Hat man so etwas schon jemals erlebt?

SCAPPINO Er hat es bereits erfahren und es geht ihm so sehr im Kopf herum, daß er laut mit sich selbst spricht.

ARGANTE *wie oben* Das ist doch eine ungeheuerliche Frechheit!

SCAPPINO Hören wir zu, was er sich zu sagen hat.

ARGANTE *wie oben* Werden sie versuchen, alles abzustreiten?

SCAPPINO Nein, wir denken gar nicht daran.

ARGANTE *wie oben* Oder werden sie versuchen, sich zu rechtfertigen?

SCAPPINO Das schon eher.

ARGANTE *wie oben* Werden sie sich den Scherz erlauben, mir etwas vorzulügen?

SCAPPINO Vielleicht.

ARGANTE *wie oben* Alle ihre Reden werden unnütz sein.

SCAPPINO Warten wir's ab.

ARGANTE *wie oben* Mich werden sie nicht drankriegen.

SCAPPINO Wer weiß?!

ARGANTE *wie oben* Meinen bübischen Sohn werde ich in sicheren Gewahrsam bringen.

SCAPPINO Oder auch nicht.

ARGANTE *wie oben* Und diesen Lümmel von einem Silvestro prügle ich windelweich.

SILVESTRO Darauf warte ich schon die ganze Zeit.

ARGANTE *sieht Silvestro* Ah, da bist du ja, du umsichtiger Aufseher, du hervorragende Schildwache für junge Herren.

SCAPPINO Gnädiger Herr, ich bin hocherfreut, daß Ihr zurückgekommen seid.

ARGANTE Sei mir gegrüßt, Scappino. *zu Silvestro* Du hast meine Weisungen wirklich großartig befolgt, und mein Sohn hat sich ganz vortrefflich betragen, während ich auf Reisen war.

SCAPPINO Ihr befindet Euch wohl, wie ich sehe.

ARGANTE Ja, danke. *zu Silvestro* Du sagst nichts, Lümmel, du sagst nichts?

SCAPPINO Hattet Ihr eine gute Reise, gnädiger Herr?

ARGANTE Ja, eine sehr gute Reise. Aber laß mich jetzt in Ruhe schimpfen!

SCAPPINO Ihr wollt schimpfen?

ARGANTE Ja, ich will schimpfen.

SCAPPINO Mit wem denn, gnädiger Herr?

ARGANTE *auf Silvestro deutend* Mit diesem Halunken.

SCAPPINO Warum?

ARGANTE Hast du nicht gehört, was sich in meiner Abwesenheit zugetragen hat?

SCAPPINO Ja, ich habe von einem kleinen Vorfall gehört.

ARGANTE Wie, ein kleiner Vorfall? Eine so schwerwiegende Begebenheit ein kleiner Vorfall?

SCAPPINO Ja, da habt Ihr nicht ganz unrecht.

ARGANTE Eine derartige Unverfrorenheit?

SCAPPINO Gewiß, gewiß.

ARGANTE Ein Sohn heiratet ohne väterliche Zustimmung!

SCAPPINO Ja, da muß man wirklich sagen, daß das ... aber ich würde empfehlen, kein Aufsehen zu machen.

ARGANTE Im Gegenteil, ich will Lärm schlagen nach Herzenslust. Findest du denn nicht auch, daß ich Anlaß genug habe, mich aufzuregen?

SCAPPINO Doch, doch, ganz wie ich – zunächst, als ich von dem

Vorfall erfuhr und gleich Partei für Euch nahm und sogar Euren Sohn gewaltig andonnerte. Fragt ihn doch, was für eine schöne Strafpredigt ich ihm hielt, wie schroff ich ihn zurechtwies, da er wenig Respekt einem Vater gegenüber an den Tag legt, einem Vater, dem er die Füße küssen sollte. Man kann ihm nicht energischer den Kopf zurecht setzen, keiner kann das, nicht einmal Ihr selbst. Und doch: ich habe dann wieder die Vernunft in ihre Rechte treten lassen und bin zu dem Schluß gekommen, daß er nicht ganz so sehr im Unrecht ist, wie man glauben könnte.

ARGANTE Was plauderst du da? Ist er denn etwa nicht im Unrecht, wenn er mir nichts, dir nichts drauflosheiratet – eine völlig Unbekannte?

SCAPPINO Was wollt Ihr? Sein Schicksal hat es gefügt.

ARGANTE Das ist mir eine schöne Ausrede! Man darf ruhig alle erdenklichen Schandtaten begehen, man darf betrügen, stehlen, morden, und dann entschuldigt man sich einfach: Das Schicksal hat es gefügt.

SCAPPINO Mein Gott, so philosophisch hab' ich's nicht gemeint. Nur: er ist einfach in diese Sache verwickelt worden.

ARGANTE Und warum hat er sich verwickeln lassen?

SCAPPINO Weil er nicht so klug ist wie Ihr. Die jungen Leute sind ja jung, ihre Vernunft ist noch nicht soweit, alles Zweifelhafte zu unterlassen. Seht doch unseren jungen Herrn Leandro: meinen guten Ratschlägen, meinen Vorhaltungen zum Trotz hat er sich auf etwas noch viel Böseres eingelassen als Euer Sohn. Sagt mir doch, bitte, ob Ihr nicht auch einmal jung wart und damals ganz genau solche Narrheiten begangen habt wie die anderen. Man sagt, Ihr seid dazumal ein rechter Schürzenjäger gewesen und standet den ärgsten Weiberhelden jener Zeit in nichts nach; wenn Ihr einmal drauflosgingt, ruhtet Ihr nicht, ehe Ihr Euer Ziel erreichtet – so hörte ich sagen.

ARGANTE Ja, zugegeben, das stimmt; aber ich habe mich immer auf Tändeleien beschränkt, ich bin nie soweit gegangen wie er.

SCAPPINO Was bleibt ihm denn übrig? Er sieht ein junges Ding, das für ihn schwärmt; das hat er ja von Euch, daß alle

Frauen ihn lieben. Sie gefällt ihm. Er besucht sie, er macht ihr Komplimente, er seufzt und schmachtet, er spielt den Entflammten. Sie gibt seinem Drängen nach. Er versucht sein Glück. Da werden die beiden von den Eltern des Mädchens überrascht, die ihn mit vorgehaltener Waffe zwingen, sie zu heiraten.

SILVESTRO *für sich* So ein gerissener Gauner!

SCAPPINO Hätte er sich töten lassen sollen, wäre Euch das lieber gewesen? Immer noch besser verheiratet als eine Leiche.

ARGANTE Mir wurde nicht erzählt, daß sich die Sache so abgespielt hat.

SCAPPINO *auf Silvestro deutend* Fragt ihn doch; er wird mir gewiß nicht widersprechen.

ARGANTE *zu Silvestro* Hat man ihn mit Gewalt zur Heirat gezwungen?

SILVESTRO Ja, Herr.

SCAPPINO Wie sollte ich Euch denn auch betrügen, gnädiger Herr!

ARGANTE So hätte er aber gleich bei einem Notar die Einrede der Gewaltanwendung geltend machen sollen.

SCAPPINO Ja, aber das wollte er nicht.

ARGANTE Dann wäre es mir leichtergefallen, die Ehe anzufechten.

SCAPPINO Anfechten, gnädiger Herr?

ARGANTE Ja.

SCAPPINO Ihr werdet sie nicht anfechten!

ARGANTE Nicht anfechten?

SCAPPINO Nicht anfechten.

ARGANTE Wie, ich bin nicht der Vater, ist nicht das Recht auf meiner Seite, wenn man meinen Sohn mit Waffengewalt gezwungen hat?

SCAPPINO Damit wird er nicht einverstanden sein.

ARGANTE Nicht einverstanden?

SCAPPINO Nicht einverstanden.

ARGANTE Mein Sohn!

SCAPPINO Euer Sohn. Soll er denn zugeben, daß er sich gefürchtet hat? Er wird sich hüten. Denn er würde sich ja Unehre machen und eines solchen Vaters, wie Ihr es seid, als unwürdig erweisen.

ARGANTE Das ist Nebensache.

SCAPPINO Um seiner und um Eurer Ehre willen muß er vor der Welt so tun, als hätte er die Ehe aus freien Stücken geschlossen.

ARGANTE Nein, er soll um meiner und um seiner Ehre willen das Gegenteil sagen.

SCAPPINO Nein, Herr, ich weiß genau: Das wird er nie tun.

ARGANTE Und wenn ich ihn zwinge?

SCAPPINO Widersetzt er sich, das sag' ich Euch voraus.

ARGANTE Er muß gehorchen, sonst enterbe ich ihn.

SCAPPINO Ihr?

ARGANTE Ich.

SCAPPINO Gut.

ARGANTE Gut?

SCAPPINO Ihr werdet ihn nicht enterben.

ARGANTE Ich werde ihn nicht enterben?

SCAPPINO Nein.

ARGANTE Nein?

SCAPPINO Nein.

ARGANTE Oh, das ist ein guter Witz. Ich werde meinen Sohn nicht enterben?

SCAPPINO Nein, sag' ich Euch.

ARGANTE Wer wird mich hindern?

SCAPPINO Ihr selbst.

ARGANTE Ich?

SCAPPINO Ihr. Euer Herz ist nicht von solcher Art.

ARGANTE Doch.

SCAPPINO Ihr scherzt.

ARGANTE Ich scherze nicht.

SCAPPINO Die väterliche Zärtlichkeit wird ihre Schuldigkeit tun.

ARGANTE Nichts wird sie tun.

SCAPPINO Doch, doch.

ARGANTE Ich sage dir: es wird geschehen!

SCAPPINO Lächerlich!

ARGANTE Was sagst du da? Lächerlich?

SCAPPINO Mein Gott, ich kenne Euch und Eure angeborene Güte.

ARGANTE Ich bin nicht gut, ich kann auch böse sein, wenn ich will. Und jetzt beenden wir dieses Gespräch, sonst läuft mir die Galle über. *zu Silvestro* Fort mit dir, Halunke, hol mir den Lumpen her, ich will inzwischen Herrn Geronte aufsuchen und ihm von meinem Mißgeschick berichten.

SCAPPINO Kann ich Euch auf irgendeine Art gefällig sein, gnädiger Herr, dann zählt, bitte, auf mich.

ARGANTE Ich danke dir. Ach, warum muß er mein einziger Sohn sein?! Warum hat mich der Himmel meiner Tochter beraubt – wäre sie jetzt hier, würde ich sie zur Erbin machen!

Fünfte Szene

Scappino, Silvestro

SILVESTRO Ja, ich muß es zugeben, du bist ein großer Mann, und die Sache nimmt einen guten Gang; aber der Mangel an Geld behindert uns sehr. Und auf allen Seiten lauern die Gegner.

SCAPPINO Laß mich nur machen – der Karren läuft ganz richtig. Ich frage mich nur noch, wo es einen verläßlichen Menschen gibt, der eine Figur darstellen wird, die ich brauche. – Warte – halte dich gerade. Setze deine Mütze auf wie ein Bösewicht. Verlege das Gewicht auf das linke Bein. Stütze die Hand in die Hüfte. Blicke wild vor dich hin. Geh auf und ab wie ein König auf der Bühne. Ja, das ist gut. Folge mir. Ich habe geheime Mittel, um deine Züge und deine Stimme unkenntlich zu machen.

SILVESTRO Ich flehe dich an, erspare mir Zusammenstöße mit der Justiz.

SCAPPINO Ach geh! Wir wollen das Risiko brüderlich teilen. Drei Jahre Zwangsarbeit auf der Galeere mehr oder weniger – das kann ein großes Herz in seinem edlen Drang nicht aufhalten.

Zweiter Akt

Erste Szene

Geronte, Argante

GERONTE Ja, gewiß, bei diesem günstigen Wetter werden unsere Leute schon heute eintreffen; ein Matrose, der aus Tarent kommt, versichert mir, er habe gesehen, daß unser Mann an Bord ging. Doch wenn meine Tochter ankommt, wird sie die Dinge nicht so vorfinden, wie wir sie einrichten wollten. Was Ihr mir von Eurem Sohn berichtet, setzt unseren gemeinsamen Absichten ein klägliches Ende.

ARGANTE Seid unbesorgt, Freund Geronte, ich bitte Euch; denn ich verspreche Euch, dieses Hindernis aus dem Weg zu räumen. Ich bin ja bereits damit beschäftigt.

GERONTE Meiner Treu, lieber Freund Argante, ich muß Euch schon sagen, daß die Erziehung der Kinder eine Sache ist, bei der man alle Kraft einzusetzen hat.

ARGANTE Gewiß, gewiß; aber was meint Ihr damit?

GERONTE Daß die üblen Streiche der jungen Leute fast immer von der schlechten Erziehung herrühren, welche ihre Väter ihnen angedeihen lassen.

ARGANTE Das kommt gelegentlich vor. Aber was wollt Ihr damit sagen?

GERONTE Was ich damit sagen will?

ARGANTE Ja.

GERONTE Daß Euch Euer Sohn, wenn Ihr ihn als wackerer Vater gehörig unterwiesen hättet, gewiß nicht derart ungebührlich begegnet wäre.

ARGANTE Vortrefflich – also: derart unterwiesen, wie Ihr Euren Sohn unterwiesen habt?

GERONTE Sicherlich; ich würde mich sehr kränken, wenn er mir dergleichen antäte.

ARGANTE Und wenn Euch Euer Sohn, den Ihr als wackerer

Vater gehörig unterwiesen habt, noch ungebührlicher begegnet wäre als der meine mir, wie?

GERONTE Wie?

ARGANTE Wie!

GERONTE Was soll das heißen?

ARGANTE Das soll heißen, werter Freund Geronte, daß man die Handlungsweise der Nebenmenschen nicht voreilig schlechtmachen soll und daß jene, welche einen Besen zur Hand nehmen, zunächst die eigene Tür betrachten sollten.

GERONTE Ihr sprecht in Rätseln.

ARGANTE Ihr werdet die Lösung bald erfahren.

GERONTE Habt Ihr etwas über meinen Sohn vernommen?

ARGANTE Das könnte der Fall sein.

GERONTE Und was?

ARGANTE Euer Scappino hat mir die Sache, weil ich so aufgebracht war, nur in großen Zügen angedeutet. Doch könnt Ihr, von ihm oder auch von einem anderen, über alle Einzelheiten unterrichtet werden. Was mich betrifft, will ich mir von einem Anwalt raten lassen, welche Schritte ich unternehmen soll. Auf Wiedersehen.

Zweite Szene

Leandro, Geronte

GERONTE Was für eine Sache meint er wohl? Noch ungebührlicher als sein Sohn? Ich kann mir nichts Ärgeres vorstellen, das man begehen könnte – nein, ohne die väterliche Zustimmung heiraten, das übertrifft alle anderen Greuel, die man zu ersinnen vermag. Ach, da bist du ja!

LEANDRO *läuft auf ihn zu, um ihn zu umarmen* Oh, Vater, Vater, wie freue ich mich, daß Sie wieder hier sind!

GERONTE *entzieht sich seiner Umarmung* Halt! Reden wir erst von Geschäften.

LEANDRO Lassen Sie sich umarmen und lassen Sie . . .

GERONTE *stößt ihn fort* Halt, sage ich.

LEANDRO Wie, mein Vater, verwehren Sie dem Sohn, seiner Freude Ausdruck zu geben, indem er Sie umarmt?

GERONTE Ja. Wir haben etwas miteinander zu bereinigen.

LEANDRO Das wäre?

GERONTE Laß mich dir in die Augen sehen.

LEANDRO Wie?

GERONTE Sieh mich an.

LEANDRO Was soll das?

GERONTE Was hat sich hier begeben?

LEANDRO Was sich hier begeben hat?

GERONTE Jawohl. Was hast du in meiner Abwesenheit getan?

LEANDRO Was soll ich denn getan haben?

GERONTE Du sollst das nicht getan haben, wonach ich dich frage, aber ich fürchte: du hast es getan.

LEANDRO Ich? Nichts, Vater, worüber sich zu beklagen Sie Anlaß hätten.

GERONTE Nichts?

LEANDRO Nichts.

GERONTE Du bist deiner Sache sicher?

LEANDRO Ja, denn ich weiß, daß ich mir nichts vorzuwerfen habe.

GERONTE Scappino hat aber einige Neuigkeiten berichtet.

LEANDRO Scappino!

GERONTE Aha – der Name macht dich erröten!

LEANDRO Er hat etwas über mich erzählt?

GERONTE Dieser Platz ist nicht geeignet, eine solche Angelegenheit auszutragen; wir wollen sie anderswo in Ordnung bringen. Du begibst dich nach Hause, ich komme gleich nach – o du Schurke, wenn du mir tatsächlich Schande gemacht hast, verstoße ich dich, und du kannst damit rechnen, meine Gegenwart für alle Zeiten meiden zu müssen.

Dritte Szene

Octavio, Scappino, Leandro

LEANDRO *allein* Wie kann er mir derart begegnen? Dieser Lump Scappino sollte doch der erste sein, der bei sich behält, was ich ihm anvertraue – und er geht hin und entdeckt es als erster meinem Vater! Oh, Himmel, höre meinen Schwur, dieser schnöde Verrat wird nicht ungestraft begangen worden sein!

OCTAVIO O du lieber Scappino, was verdanke ich nicht alles deinen guten Diensten! Du bist wahrhaftig ein wundervoller Mensch! Wie gut meint es doch der Himmel mit mir, daß er dich mir zu Hilfe kommen ließ!

LEANDRO Ah, da bist du ja, ich bin entzückt, dich zu sehen, du lieber Haderlump.

SCAPPINO Euer Diener, gnädiger Herr. Ihr erweist mir zuviel Ehre.

LEANDRO *den Degen ziehend* Du spielst den Harmlosen? Warte, ich will dich lehren ...

SCAPPINO *niederkniend* Gnädiger Herr ...

OCTAVIO *dazwischentretend, um Leandro zurückzuhalten* Leandro, ich bitte dich ...

LEANDRO Nein, Octavio, laß mich, ich bin nicht zu halten.

SCAPPINO Ach, gnädiger Herr!

OCTAVIO *Leandro zurückhaltend* Ich flehe dich an!

LEANDRO *drohend auf Scappino losgehend* Laß mich meinem Zorn Genüge tun!

OCTAVIO Bei unserer Freundschaft, Leandro, verschone ihn!

SCAPPINO Was hab' ich Euch denn getan, gnädiger Herr?

LEANDRO *drohend auf ihn losgehend* Was du mir getan hast, Verräter?

OCTAVIO *ihn zurückhaltend* Nicht doch!

LEANDRO Nein, Octavio, er soll mir auf der Stelle eingestehen, wie ruchlos er mich hintergangen hat. Jawohl, du Schelm, ich weiß von dem Bubenstück, das du mir angetan hast, man hat es mir eben hinterbracht, und du dachtest wohl, daß es mir verborgen bleiben werde; doch ich fordere ein Geständnis aus deinem eigenen Mund, sonst durchbohre ich dich mit diesem Degen.

SCAPPINO Ach, Herr, könnte Euer Herz von solcher Art sein?

LEANDRO Rede!

SCAPPINO Ich habe Euch etwas angetan, Herr?

LEANDRO Ja, du Lump, und dein Gewissen schreit dir laut in die Ohren, was es gewesen ist.

SCAPPINO Ich versichere Euch, daß ich es nicht weiß.

LEANDRO *geht auf ihn mit dem Degen los* Du weißt es nicht?

OCTAVIO *ihn zurückhaltend* Leandro!

SCAPPINO Nun gut, gnädiger Herr, da Ihr es so wollt, bekenne ich, daß ich mit meinen Freunden das kleine Fäßchen spanischen Weines ausgetrunken habe, welches Ihr vor einigen Tagen als Geschenk erhieltet, und daß ich es war, der dann einen Schnitt in dieses Faß gemacht und Wasser im Umkreis vergossen hat, um den Anschein zu erwecken, daß der Wein ausgelaufen sei.

LEANDRO Du also hast meinen spanischen Wein getrunken, Halunke, dir hat es die Köchin zu verdanken, daß ich sie so heftig ausgezankt habe, weil ich dachte, sie hätte diese Gaunerei auf dem Gewissen!

SCAPPINO Ja, Herr, ich bitte Euch um Vergebung.

LEANDRO Dein Geständnis ist mir willkommen, doch von dieser Schurkerei ist jetzt nicht die Rede.

SCAPPINO Nicht von dieser, Herr?

LEANDRO Etwas anderes geht mir viel näher – das sollst du mir bekennen.

SCAPPINO Gnädiger Herr, ich erinnere mich nicht, noch etwas begangen zu haben.

LEANDRO *bedroht ihn* Du willst nicht reden?

SCAPPINO Oh!

OCTAVIO *Leandro zurückhaltend* Leandro!

SCAPPINO Ja, Herr, es ist so, daß Ihr mich vor drei Wochen eines Abends ausschicktet, um der jungen Zigeunerin, die Ihr liebt, eine kleine Uhr zu bringen. Ich kam zurück zu Euch, das Gewand mit Kot befleckt, das Antlitz mit Blut besudelt, und sagte Euch, ich sei Räubern begegnet, die mich mißhandelt und mir die Uhr genommen hätten, welche ich mir aber in Wahrheit angeeignet habe, gnädiger Herr.

LEANDRO Du hast dir die Uhr angeeignet?

SCAPPINO Ja, gnädiger Herr, um zu wissen, wie spät es sei.

LEANDRO Oh, da erfährt man ja schöne Geschichten! Wahrhaftig, ich nenne den allertreuesten Diener mein eigen! Aber auch das war es nicht, wonach ich dich gefragt habe.

SCAPPINO Auch das war es nicht?

LEANDRO Nein, du Erzschuft; du mußt mir noch etwas gestehen!

SCAPPINO Verdammt!

LEANDRO Schnell, ich hab's eilig.

SCAPPINO Gnädiger Herr, das war alles.

LEANDRO *auf ihn losgehend* Das war alles?

OCTAVIO *ihn zurückhaltend* Halt, halt!

SCAPPINO Nun denn, gnädiger Herr, Ihr erinnert Euch, daß Euch vor vier Wochen eines Nachts der Teufel erschienen ist und Euch so schrecklich geprügelt hat und daß Ihr auf der Flucht vor ihm in ein Kellerloch gefallen seid und Euch fast den Hals gebrochen hättet.

LEANDRO Ja, natürlich – und?

SCAPPINO Der Teufel war ich.

LEANDRO Du warst der Teufel, du Galgenstrick?

SCAPPINO Ja, gnädiger Herr, aber ich wollte Euch nur ein wenig erschrecken, daß Euch die Lust vergehe, mit mir jede Nacht aus dem Haus zu gehen, wie es Eure Gewohnheit war.

LEANDRO Ich werde mich zu gegebener Zeit gebührend der Tatsachen erinnern, die mir soeben bekannt wurden. Aber nun zur Sache: gestehe, was du meinem Vater gesagt hast!

SCAPPINO Eurem Vater, Herr?

LEANDRO Jawohl, Halunke, meinem Vater.

SCAPPINO Seit er zurück ist, habe ich ihn nicht einmal gesehen, geschweige denn . . .

LEANDRO Du hast ihn nicht gesehen?

SCAPPINO Nein, gnädiger Herr.

LEANDRO Bist du sicher?

SCAPPINO Ganz sicher, Herr. Er selbst soll es Euch bestätigen.

LEANDRO Immerhin hat er das Gegenteil behauptet.

SCAPPINO Dann hat er, mit Verlaub gesagt, nicht die Wahrheit gesprochen.

Vierte Szene

Carlo, Scappino, Leandro, Octavio

CARLO *zu Leandro* Herr, ich bringe Euch eine Nachricht, die für Eure Liebe sehr schlimm ist.

LEANDRO Das wäre?

CARLO Die Zigeuner haben vor, Zerbinetta fortzuschaffen. Die Ärmste hat mich unter Tränen beschworen, Euch möglichst schnell zu benachrichtigen, daß Ihr das verlangte Lösegeld in längstens zwei Stunden bezahlen müßt, wenn Ihr sie nicht für immer verlieren wollt.

LEANDRO In zwei Stunden?

CARLO In längstens zwei Stunden.

LEANDRO Ach, mein lieber, guter Scappino, ich flehe dich an: hilf mir!

SCAPPINO *großspurig* »Ach, mein lieber, guter Scappino« – wenn man mich braucht, bin ich der »liebe, gute Scappino«!

LEANDRO Ich will dir alles verzeihen, was ich eben erfahren habe, und auch noch Schlimmeres, falls du es mir angetan haben solltest.

SCAPPINO Nein, Herr, Ihr sollt mir nichts verzeihen. Rennt mir Euren Degen durch den Leib. Es wird mich entzücken, von Euch getötet zu werden.

LEANDRO Laß dich lieber um mein Leben bitten, das von der Bewahrung meiner Liebe abhängt.

SCAPPINO Nicht doch, Herr, es ist besser, daß Ihr mich tötet.

LEANDRO Du bist zu wertvoll für mich; versage mir nicht deinen begnadeten Reichtum an Einfällen, die jede Lage zu meistern vermögen.

SCAPPINO Nein, sage ich; tötet mich.

LEANDRO Ach, laß dich doch erweichen, vergiß das alles und denke nur an die Hilfe, um die ich dich bitte.

OCTAVIO Scappino – man muß doch etwas für ihn tun.

SCAPPINO Wie kann ich denn, nach solchem Schimpf?!

LEANDRO Scappino, ich beschwöre dich: vergiß meine Zornesaufwallung und versage mir deinen Beistand nicht.

OCTAVIO Ich vereinige meine Bitte mit der seinen.

SCAPPINO Es will mir aber nicht aus dem Kopf, daß ich beleidigt wurde.

OCTAVIO Überwinde den Groll, Scappino.

LEANDRO Kannst du mich im Stich lassen, wenn meiner Liebe die gräßlichste Gefahr droht?

SCAPPINO Mich mir nichts, dir nichts derart zu beleidigen!

LEANDRO Es war nicht recht von mir, das will ich dir gern gestehen.

SCAPPINO Mich einen Halunken schimpfen, einen Galgenstrick, einen Lumpen, einen Schelm, einen Buben, einen Schuft – einen Erzschuft – mich?

LEANDRO Das bedauere ich mehr, als ich sagen kann.

SCAPPINO Mir einen Degen durch den Leib rennen wollen!

LEANDRO Ich bitte dich von ganzem Herzen um Verzeihung; und wenn ich vor dir niederknien soll, Scappino – hier siehst du mich zu deinen Füßen mit der innigen Bitte: laß mich nicht im Stich!

OCTAVIO Jetzt mußt du aber wirklich nachgeben, Scappino.

SCAPPINO Steht auf. Und seid nächstesmal nicht so heftig.

LEANDRO Versprichst du mir deinen Beistand?

SCAPPINO Wir wollen sehen.

LEANDRO Du weißt, daß die Zeit drängt . . .

SCAPPINO Unbesorgt; wieviel braucht Ihr?

LEANDRO Fünfhundert Taler.

SCAPPINO Und Ihr?

OCTAVIO Siebenhundertfünfzig Taler.

SCAPPINO Ich will das Geld Euren beiden Vätern abnehmen. *zu Octavio* Was den Euren betrifft, steht die Methode bereits fest. *zu Leandro* Und ist Euer Vater auch die Habsucht in Person, soll er sich trotzdem nicht lange zieren; denn er ist, Gott sei Dank, nicht eben reichlich mit Verstand ausgestattet, wie Ihr wißt, sondern einer von der Sorte, der man einreden kann, was man will. Das soll Euch weiter nicht kränken, gnädiger Herr, denn zwischen ihm und Euch findet sich keine Spur der geringsten Ähnlichkeit. Ihr wißt ja: alle Welt meint, er sei nur der Form nach Euer Vater.

LEANDRO Hör einmal, Scappino ...

SCAPPINO Was soll's, Herr?! Das bekümmert Euch wohl nicht ernsthaft. Doch da sehe ich den Vater des Herrn Octavio kommen. Da er sich dazu anbietet, wollen wir mit ihm beginnen. Bitte, mich zu verlassen. *zu Octavio* Und Ihr sorgt dafür, daß Euer Silvestro kommen und seine Rolle spielen möge.

Fünfte Szene

Argante, Scappino

SCAPPINO *für sich* Er meditiert.

ARGANTE *sich allein glaubend* So ungezogen und gedankenlos zu sein! Sich blindlings in eine Heirat zu stürzen! Oh, diese kopflosen jungen Leute!

SCAPPINO Euer Diener, gnädiger Herr.

ARGANTE Sei gegrüßt, Scappino.

SCAPPINO Euer Sohn macht Euch zu schaffen, gnädiger Herr?

ARGANTE Ja, ich sage dir, daß ich mich entsetzlich über ihn ärgere.

SCAPPINO Das Leben ist voll von Wechselfällen, Herr, und man tut gut dran, in jedem Augenblick auf sie vorbereitet zu sein. Vor langer Zeit habe ich einmal den Ausspruch eines klassischen Autors gehört, der mir bis heute im Gedächtnis geblieben ist.

ARGANTE Und der wäre?

SCAPPINO Wenn ein Familienvater verreist, soll er sich bei

seiner Rückkehr auf die ärgsten Unzukömmlichkeiten gefaßt machen, er soll sich vorstellen, daß sein Haus abgebrannt, sein Geld geraubt, seine Gattin tot, sein Sohn zum Krüppel geschlagen, seine Tochter verführt ist; und falls nicht alles das geschehen ist, soll er sich glücklich preisen. Ich habe diesen Grundsatz längst zur Maxime meiner bescheidenen Philosophie gemacht und war, sooft ich nach Hause zurückkam, stets auf den Zorn meiner Gebieter, auf Strafen, auf Beschimpfungen, auf Fußtritte, auf Schläge, auf Peitschenhiebe gefaßt; wenn etwas von all dem ausblieb, habe ich mein Schicksal gesegnet.

ARGANTE Du bist klug, Scappino; doch diese kopflose Heirat, die alle meine Pläne durchkreuzt, nein, ich kann sie nicht dulden. Und drum habe ich eben die Advokaten befragt, auf welche Art sie für ungültig erklärt werden könnte.

SCAPPINO Meiner Treu, gnädiger Herr, wenn Ihr auf mich hören wolltet, wähltet Ihr einen anderen Weg, um alles wieder ins rechte Lot zu bringen. Wißt Ihr denn nicht, was es heißt, hierzulande einen Prozeß zu führen – habt Ihr nicht Angst, Euch gehörig in die Brennesseln zu setzen?

ARGANTE Ja, du hast recht, das sehe ich – aber gibt es einen anderen Weg?

SCAPPINO Ich denke, daß ich einen gefunden habe. Mein Mitleid angesichts Eurer Verzweiflung hat mich veranlaßt, mir den Kopf zu zerbrechen, wie man Euch Eure Sorgen nehmen könnte; ich will es einfach nicht länger mit ansehen, daß ein ehrenwerter Vater Kummer durch seine Kinder hat – das geht mir allzu nahe – um so mehr, als ich immer schon eine besondere Zuneigung für Euch empfunden habe.

ARGANTE Ich danke dir.

SCAPPINO Und so suchte ich denn eben den Bruder des Mädchens auf, welches Euer Sohn zu heiraten wagte; er ist von Beruf Schwerverbrecher, ein Haudegen und Raufbold und Schläger und Degenstecher, der Menschen so gelassen umbringt wie unsereins ein Glas Wein trinkt. Ich kam auf die Heirat zu sprechen, ich wies ihn darauf hin, daß die Tatsache der Gewaltanwendung Euch einen Trumpf in die Hände spielt, um die Ungültigkeit zu erwirken, und ich ließ durchblicken, daß Eure väterlichen Rechte, Euer Vermögen und Eure Beziehungen Euch vor Gericht in eine höchst günstige Lage versetzen. Ich versuchte so lange, ihn mürbe zu machen, bis er bereit war, auf meine Vorschläge zu hören und die ganze Sache durch eine Summe Geldes ins Reine zu bringen. Er ist bereit, die Heirat rückgängig zu machen, wenn Ihr ihn entsprechend bezahlt.

ARGANTE Was hat er verlangt?

SCAPPINO Oh, gnädiger Herr, zunächst haushohe Summen!

ARGANTE Was?

SCAPPINO Ganz ungeheure Beträge!

ARGANTE Was denn?

SCAPPINO Er redete von nicht weniger als zweitausend Talern.

ARGANTE Zweitausend Pestbeulen sollen über ihn kommen! Das ist ja der reinste Hohn.

SCAPPINO Eben dies sagte ich ihm. Ich verwarf seine Vorschläge ganz entschieden und versuchte, ihm klarzumachen, daß man, um ernsthaft zweitausend Taler zu fordern, viel Blödere finden müßte, als Ihr einer seid. Wir redeten lange hin und her, und das Ergebnis unserer Beratungen sieht so aus: »Ich muß demnächst einrücken«, sagte er mir, »und benötige Geld für meine Ausrüstung, drum muß ich auf das eingehen, was man mir vorschlägt. Ich brauche ein Pferd; und eines, das einigermaßen ansehnlich ist, kostet mindestens zweihundert Taler.«

ARGANTE Ja, zweihundert Taler kann er haben.

SCAPPINO »Ich brauche einen Harnisch und Pistolen, und das kostet mich weitere achtzig Taler.«

ARGANTE Achtzig und zweihundert, das macht zweihundertachtzig.

SCAPPINO Jawohl, gnädiger Herr.

ARGANTE Eine stattliche Summe, aber ich bin einverstanden.

SCAPPINO »Ich brauche ein zweites Pferd für meinen Burschen, das kostet, gering gerechnet, hundert Taler.«

ARGANTE Himmelherrgott – er soll mir vom Leib bleiben, ich gebe ihm nicht einen Heller!

SCAPPINO Gnädiger Herr!

ARGANTE Nein, er ist unverschämt!

SCAPPINO Soll sein Bursche denn zu Fuß gehen?

ARGANTE Er soll tun, was er will, und sein Herr gleichfalls!

SCAPPINO Um Gottes willen, Herr, stoßt Euch doch nicht an solchen Lappalien, geht nicht zu Gericht, ich bitte Euch; kein Preis ist zu hoch, wenn er Euch vor den Klauen der Justiz bewahrt.

ARGANTE Nun ja, er soll auch noch die hundert Taler bekommen.

SCAPPINO »Und dann«, sagte er, »und dann brauche ich noch einen Maulesel für das Gepäck.«

ARGANTE Er soll sich zum Teufel scheren, samt seinem Maulesel! Das ist zuviel – ich wende mich an die Richter.

SCAPPINO Um Himmels willen!

ARGANTE Nein, es bleibt dabei.

SCAPPINO Einen ganz kleinen Maulesel, Herr.

ARGANTE Und wenn er *so* klein ist!

SCAPPINO Bedenkt doch, ich bitte Euch ...

ARGANTE Nein, ich führe lieber einen Prozeß.

SCAPPINO Wißt Ihr auch genau, Herr, wovon Ihr sprecht und wozu Ihr Euch entschließen wollt? Werft doch einen Blick auf die Irrgärten unserer Justiz, seht doch die unzähligen Kompetenzen und Instanzen, die unsäglichen ermüdenden Prozeduren, die unnennbaren Ungeheuer, die zähnefletschend auf Euch lauern: Untersuchungsrichter, Staatsanwälte, Advokaten, Schriftführer, Substituten, Erhebungsbeamte, Richter und Konzipienten. Jeder von ihnen ist bereit, aus nichtigstem Anlaß das heiligste Recht mit Füßen zu treten. Ein Wachtmeister sagt die Unwahrheit, und Ihr seid im Handumdrehen verurteilt. Der Staatsanwalt verständigt sich mit Eurem Gegner, läßt sich bestechen und verkauft Euch. Euer Anwalt wird gleichfalls gekauft und ist unauffindbar, wenn Eure Sache verhandelt wird; oder er sagt in seinem Plädoyer nur leere Redensarten und geht nicht auf den eigentlichen Sachverhalt ein. Der Schriftführer erläßt Verfügungen gegen Euch und verurteilt Euch in contumaciam. Der Adjunkt des Erhebungsbeamten läßt Aktenstücke verschwinden, der Erhebungsbeamte gibt nicht zu Protokoll, was er erhoben hat. Und selbst wenn Ihr mit aller Vorsicht der Welt über diese Fallstricke hinwegkommt, werdet Ihr zu Eurer Verwunderung merken, daß bigotte Kreise oder gewisse Frauenspersonen, in die sie verliebt sind, die Richter gegen Euch aufgebracht haben. Wenn Ihr nur irgend könnt, lieber gnädiger Herr, rettet Euch vor diesem Höllenpfuhl! Wer vor Gericht geht, büßt schon auf Erden seine Sünden ab. Wenn ich nur an die Möglichkeit eines Prozesses denke, möchte ich von hier bis Indien fliehen!

ARGANTE Wie hoch veranschlagt er den Maulesel?

SCAPPINO Für den Maulesel, gnädiger Herr, für sein Pferd und das Pferd seines Burschen, für den Harnisch und die Pistolen und zur Erfüllung einer kleinen Verbindlichkeit an seine Wirtin möchte er insgesamt siebenhundertfünfzig Taler.

ARGANTE Siebenhundertfünfzig?

SCAPPINO Ja.

ARGANTE *geht zornig auf und ab* Nein, ich will prozessieren.

SCAPPINO Überlegt es Euch.

ARGANTE Ich prozessiere.

SCAPPINO Begebt Euch doch nicht sehenden Auges ...

ARGANTE Ich will prozessieren.

SCAPPINO Euer Prozeß wird nicht billig sein. Ihr braucht Geld für die Anklageschrift. Ihr braucht Geld für die Legalisierung. Ihr braucht Geld für die Eröffnung des Verfahrens, Ihr braucht Geld für die Delegierung an den Staatsanwalt, für die Beglaubigungen, für die Gebühren der Staatsanwaltschaft. Ihr braucht Geld für die Interventionen und Expensen Eures Advokaten, für das Vorlegen von Beweisstücken, für das Anfertigen von Abschriften. Ihr braucht Geld für die Gebühren der Beisitzer, für die Gutachten der Richter, für die Protokollierung durch den Schriftführer, für einstweilige Verfügungen, Urteile und Gerichtsbeschlüsse, Ausfertigungen, Unterschriften, Zustellungen durch Gerichtsdiener, ganz zu schweigen von allen Geschenken, die Ihr zu machen hättet. Gebt diesem Mann sein Geld, und Ihr könnt ruhig schlafen.

ARGANTE Siebenhundertfünfzig Taler!

SCAPPINO Ihr erspart Euch Unsummen. Ich habe eben in Gedanken die Kosten des Verfahrens veranschlagt und habe ausgerechnet, daß die siebenhundertfünfzig Taler, die Ihr diesem Burschen zahlt, Euch um mindestens zweihundertfünfzig Taler billiger kommen, ganz zu schweigen von der Mühe, den Umständen und dem Ärger, den Ihr Euch erspart. Schon allein, daß man dem Unsinn entgeht, den diese blöden Anwälte vor aller Welt zum besten geben, schon allein das wäre mir fünfhundert Taler wert.

ARGANTE Das Geschwätz der Advokaten ist mir gleichgültig.

SCAPPINO Ihr tut, was Euch beliebt, gnädiger Herr; aber ich an Eurer Stelle hätte Angst vor einem Prozeß.

ARGANTE Ich will diese siebenhundertfünfzig Taler nicht bezahlen.

SCAPPINO Da kommt ja unser Mann.

Sechste Szene

Silvestro, Argante, Scappino

SILVESTRO *mit großem Schnurrbart, uniformiert, mit einem gewaltigen Degen; er verstellt seine Stimme* Hör einmal, Scappino, gib mir Aufschluß über diesen Argante, den Vater des Octavio.

SCAPPINO Warum, Herr?

SILVESTRO Ich erfahre soeben, daß er die Ehe meiner Schwester vor Gericht anfechten will.

SCAPPINO Ich weiß nicht, ob er das vorhat; aber er ist mit der Summe von siebenhundertfünfzig Talern, die Ihr verlangt, nicht einverstanden. Er meint, das wäre zuviel.

SILVESTRO Tod und Teufel! Mordelement! Pech und Schwefel! Ich möchte gern seiner habhaft werden – dann will ich ihn dreschen, und wenn ich dafür bei lebendigem Leib gerädert würde.

ARGANTE *stellt sich hinter Scappino, um nicht gesehen zu werden*

SCAPPINO Dieser Vater des Octavio ist ein unerschrockener Geselle; ich denke, daß er keine Angst vor Euch hat, Herr.

SILVESTRO Der? Hölle und Teufel! Alle Wetter noch einmal! Wenn er hier wäre, ich würde ihm augenblicklich meinen Degen durch den Leib rennen. *Argante sehend* Wer ist dieser Mensch?

SCAPPINO Das ist er nicht, Herr, das ist er nicht.

SILVESTRO Vielleicht einer seiner Freunde.

SCAPPINO Nein, Herr, im Gegenteil, das ist sein Todfeind.

SILVESTRO Sein Todfeind?

SCAPPINO Ja, Herr.

SILVESTRO Donnerwetter, Donnerwetter, das freut mich aber! Ihr seid ein Feind dieses schurkischen Argante, werter Herr, ja?

SCAPPINO Ja, gewiß, ich verbürge mich dafür.

SILVESTRO *Argante die Hand drückend* Eure Hand, mein Bester, Eure Hand! Ich gebe Euch mein Wort, ich schwöre Euch bei meiner Ehre, bei meinem Degen, bei jedem Eid, den ich jemals schwören werde, daß ich es heute noch diesem Lumpenhund, diesem Aas von einem Argante besorgen werde. Verlaßt Euch auf mich.

SCAPPINO Mein Herr, die Gewalt wird hierzulande verfolgt.

SILVESTRO Was kümmert's mich?! Ich habe nichts zu verlieren.

SCAPPINO Er ist gewiß auf seiner Hut; er hat Angehörige, Freunde, Diener, die ihn vor Euren Angriffen beschützen werden.

SILVESTRO Mir soll's recht sein, in Dreiteufelsnamen, mir soll's recht sein. *er zieht den Degen und schlägt mit ihm nach allen Seiten, als hätte er sich gegen etliche Gegner zu verteidigen* Schockschwerenot, die Pest soll ihn holen, daß ich ihn jetzt nicht vor mir habe mitsamt seinen Beschützern! Warum taucht er nicht hier auf mit drei Dutzend Leuten? Warum sehe ich sie nicht mit ihren Waffen auf mich losstürzen? – Was, ihr Schwächlinge, ihr habt die Stirn, mich zu attackieren? Drauf und dran, vorwärts, los, festen Fuß gefaßt und zugestochen! Oh, ihr Lumpenhunde, ihr Erzschelme, kommt ihr mir so? Ich will's euch besorgen! Wehrt euch! Nehmt das – und das – und das! *er wendet sich Argante und Scappino zu* Wie? Ihr weicht? Memmen, die ihr seid! Standgehalten, zum Donnerwetter, wehrt euch doch!

SCAPPINO Ach, lieber Herr, wir sind's ja nicht.

SILVESTRO Ich will euch lehren, mit mir anzubändeln! *er geht*

SCAPPINO Da seht Ihr's, wieviele Menschen für siebenhundertfünfzig Taler sterben müssen. Gottes Segen über Euch, Herr, ich wünsche Euch alles Gute.

ARGANTE *heftig zitternd* Scappino!

SCAPPINO Ja?

ARGANTE Ich habe mich entschlossen, ihm die siebenhundertfünfzig Taler zu geben.

SCAPPINO Das freut mich für Euch, gnädiger Herr.

ARGANTE Hol ihn her. Ich habe sie bei mir.

SCAPPINO Ihr braucht sie nur mir zu geben. Es wäre Eurer Ehre abträglich, wenn Ihr Euch zeigtet, nachdem Ihr Euch für einen anderen ausgegeben habt; auch fürchte ich, er würde, wenn er Euch erkennt, auf den Gedanken kommen, noch mehr zu verlangen.

ARGANTE Ja; doch würde ich gern sehen, daß die Übergabe der Summe in Ordnung vor sich geht.

SCAPPINO Mißtraut Ihr mir?

ARGANTE Nein, aber ...

SCAPPINO Potztausend, gnädiger Herr, bin ich ein Gauner oder bin ich ein Ehrenmann? Entweder – oder. Will ich Euch denn hintergehen, habe ich denn in dieser ganzen Angelegenheit anderes im Sinn als Euren Vorteil und den meines Herrn, mit dem Ihr Euch verschwägern wollt? Sollte ich Euren Argwohn erregt haben, kümmere ich mich um nichts mehr, und Ihr könnt einen andern suchen, der sich Eurer Interessen annimmt.

ARGANTE Hier hast du.

SCAPPINO Nein, gnädiger Herr, nein, vertraut mir Euer Geld nicht an. Es wäre mir lieb, wenn Ihr einen anderen damit betrauen wolltet.

ARGANTE Mein Gott, so nimm's doch!

SCAPPINO Nein, sage ich, gebt Euch nicht in meine Hände. Wer weiß denn, ob ich Euch nicht um Euer Geld prellen will?!

ARGANTE Nimm es, sage ich, und laß uns nicht länger streiten. Aber sieh zu, daß dieser Mensch dich nicht übertölpelt.

SCAPPINO Unbesorgt, er bekommt es nicht mit einem Dummkopf zu tun.

ARGANTE Ich erwarte dich in meinem Haus.

SCAPPINO Ich werde mich dort zuverlässig einfinden. *Argante geht* Nummer eins. Jetzt muß ich nur noch den zweiten suchen. Oh, was seh' ich? – da ist er! Mir scheint, daß der Himmel sie der Reihe nach in mein Netz schickt.

Siebente Szene

Geronte, Scappino

SCAPPINO *als würde er Geronte nicht bemerken* O Himmel, o unvorhergesehenes Mißgeschick, o beklagenswerter Vater! Armer Geronte, was wirst du jetzt anfangen?

GERONTE Was sagt er da von mir mit schmerzerfüllten Zügen?

SCAPPINO *wie oben* Kann mir niemand sagen, wo sich Herr Geronte befindet?

GERONTE Was gibt es, Scappino?

SCAPPINO *umherlaufend, als würde er Geronte weder hören noch sehen* Wo ihn finden, um ihm diesen Schicksalsschlag kundzutun?

GERONTE *ihm nachlaufend* Was gibt es denn?

SCAPPINO *wie oben* Er scheint sich irgendwo an einem verborgenen Platz versteckt zu haben.

GERONTE He, bist du blind, daß du mich nicht siehst?

SCAPPINO Ach, Herr, ich kann und kann Euch nicht finden.

GERONTE Seit einer Stunde schon bin ich hier bei dir. Was gibt es denn?

SCAPPINO Herr ...

GERONTE Nun?

SCAPPINO Herr, Euer Sohn ...

GERONTE Ja, mein Sohn ...

SCAPPINO Ist von dem seltsamsten Unheil der Welt betroffen worden.

GERONTE Das wäre?

SCAPPINO Ich sah ihn eben noch, tieftraurig über irgendwelche Äußerungen von Euch, in die Ihr ganz unberechtigt auch mich einbezogen zu haben scheint; und um seine Bitterkeit ein wenig zu besänftigen, gingen wir am Hafen spazieren. Dort betrachteten wir unter anderem auch eine recht stattliche türkische Galeere. Ein junger Türke von angenehmem Äußeren lud uns ein, das Schiff zu besichtigen, und half uns beim Betreten des Fahrzeugs. Wir waren dort, er empfing uns mit ausgesuchter Höflichkeit, bewirtete uns mit den vortrefflichsten Früchten, die man sich vorstellen kann, und mit dem allerbesten Wein der Welt.

GERONTE Und was ist an all dem so betrüblich?

SCAPPINO Wartet nur, gnädiger Herr, jetzt sind wir soweit. Während wir uns stärkten, ließ er die Galeere in See stechen, und als er sah, daß sie sich außerhalb des Hafens befand, ließ er mich in ein Boot steigen und schickte mich zu Euch mit der Botschaft, daß er Euren Sohn nach Algier bringen wird, falls Ihr ihm nicht auf der Stelle fünfhundert Taler schickt.

GERONTE Wie, zum Henker, fünfhundert Taler?

SCAPPINO Ja, Herr, und das auch noch in längstens zwei Stunden.

GERONTE Dieser Schurke von einem Türken! Er will mich umbringen!

SCAPPINO An Euch ist es, gnädiger Herr, Euren zärtlich geliebten Sohn mit allen Mitteln von den Ketten zu befreien.

GERONTE Was zum Teufel tut er auch auf dieser Galeere?

SCAPPINO Er ahnte ja nicht, was geschehen sollte.

GERONTE Geh, Scappino, und sage diesem Türken, daß ich die Justiz über ihn schicke.

SCAPPINO Die Justiz auf hoher See, Herr? Das kann nicht Euer Ernst sein.

GERONTE Was zum Teufel tut er auch auf dieser Galeere?

SCAPPINO Manchmal lenkt ein Unstern die Wege des Menschen.

GERONTE Höre, Scappino, du mußt dich jetzt als treuer Diener bewähren.

SCAPPINO Und wie das, gnädiger Herr?

GERONTE Geh und sage diesem Türken, er möge meinen Sohn freigeben und an seiner Stelle dich so lange behalten, bis ich das Lösegeld flüssig gemacht habe.

SCAPPINO Wißt Ihr auch, was Ihr da sagt, o Herr? Meint Ihr, dieser Türke wäre unvernünftig genug, Euren Sohn gegen einen armseligen Kerl wie mich auszutauschen?

GERONTE Was zum Teufel tut er auch auf dieser Galeere?

SCAPPINO Er ahnte ja nichts von dem Unheil. Bedenkt, Herr, daß man mir nur zwei Stunden Zeit gegeben hat.

GERONTE Dieser Türke will, sagst du . . .

SCAPPINO Fünfhundert Taler.

GERONTE Fünfhundert Taler. Hat dieser Mensch denn kein Gewissen?

SCAPPINO Ein Türke und Gewissen, Herr!

GERONTE Weiß er auch, was das ist, fünfhundert Taler?

SCAPPINO Ja, Herr, er weiß es: tausendfünfhundert Pfund.

GERONTE Und glaubt er, daß man fünfzehnhundert Pfund so einfach auf der Straße findet?

SCAPPINO Diese Leute sind schrecklich unvernünftig, Herr.

GERONTE Was zum Teufel tut er auch auf dieser Galeere?

SCAPPINO Gewiß; doch man sieht nicht immer alles voraus. Ich bitte Euch, Herr, zögert nicht länger.

GERONTE Hier hast du den Schlüssel zu meinem Schrank.

SCAPPINO Gut.

GERONTE Du öffnest den Schrank.

SCAPPINO Sehr gut.

GERONTE Links findest du einen großen Schlüssel; mit dem schließt du meinen Dachboden auf.

SCAPPINO Ja.

GERONTE Du nimmst alle Kleidungsstücke aus dem großen Henkelkorb, verkaufst sie auf dem Trödelmarkt und dann kaufst du meinen Sohn los.

SCAPPINO *ihm den Schlüssel zurückgebend* Ihr träumt wohl, gnädiger Herr. Auf diese Weise bekomme ich keine hundert Francs zusammen. Überdies wißt Ihr, wie wenig Zeit man mir gelassen hat.

GERONTE Was zum Teufel tut er auch auf dieser Galeere?

SCAPPINO Schade um jedes weitere Wort! Laßt doch die Galeere Galeere sein und denkt lieber, daß die Zeit verstreicht und daß Euer Sohn Euch verloren zu gehen droht. Ach, mein armer, armer junger Herr, vielleicht sehe ich dich in diesem Leben nie wieder, und während ich hier rede, schleppt man dich schon nach Algier in die Sklaverei! Doch der Himmel ist mein Zeuge, daß ich für dich tat, was ich konnte, und daß nur eines Vaters allzu spärliche Fürsorglichkeit anzuklagen ist, wenn du nicht losgekauft wurdest.

GERONTE Warte, Scappino, ich werde diese Summe herbeischaffen.

SCAPPINO Dann beeilt Euch aber gehörig, Herr, denn ich zittere davor, daß die Schicksalsstunde schlägt.

GERONTE Du hast gesagt: vierhundert Taler.

SCAPPINO Nein, fünfhundert Taler.

GERONTE Fünfhundert Taler?

SCAPPINO Ja.

GERONTE Was zum Teufel tut er auch auf dieser Galeere?

SCAPPINO Ja, Ihr habt recht, aber beeilt Euch.

GERONTE Konntet ihr nicht anderswo spazierengehen?

SCAPPINO Gewiß, Herr, aber verliert keine Zeit.

GERONTE O du verdammte Galeere!

SCAPPINO *für sich* Die Galeere hat es ihm angetan.

GERONTE Hier, Scappino – ich habe nicht daran gedacht, daß ich vor kurzer Zeit diese Summe in Gold zurückbekommen habe. Ich ahnte nicht, daß sie mir so bald wieder genommen werden würde. *er hält ihm seine Börse hin, ohne sie loszulassen; in seiner Erregung bewegt er dabei den Arm, so daß Scappino mit der Hand diesen Bewegungen folgen muß* Hier. Geh und kaufe meinen Sohn los.

SCAPPINO Ja, Herr.

GERONTE Aber sage diesem Türken, daß er ein Ruchloser ist.

SCAPPINO Ja.

GERONTE Ein Elender.

SCAPPINO Ja.

GERONTE Ein Ungläubiger, ein Dieb.

SCAPPINO Überlaßt das nur mir.

GERONTE Daß er mir ohne jeden Rechtsanspruch fünfhundert Taler nimmt.

SCAPPINO Ja.

GERONTE Daß ich sie ihm nicht im Leben und nicht im Tod schenke.

SCAPPINO Sehr gut.

GERONTE Und daß ich mich schadlos halten werde, wenn ich ihn je erwischen sollte.

SCAPPINO Ja.

GERONTE *die Börse einsteckend, wendet sich zum Gehen* Schnell, geh und hole meinen Sohn zurück.

SCAPPINO *ihm nachgehend* Gnädiger Herr!

GERONTE Was denn?

SCAPPINO Wo ist das Geld?

GERONTE Hab' ich es dir nicht gegeben?

SCAPPINO Nein, wirklich nicht, Ihr habt es eingesteckt.

GERONTE Ach ja, der Schmerz verwirrt meinen Geist.

SCAPPINO Das merke ich.

GERONTE Was zum Teufel tut er auch auf dieser Galeere? O du vermaledeite Galeere! Zum Teufel mit dem Höllenkerl von einem Türken! *er geht*

SCAPPINO Er kann die fünfhundert Taler nicht verdauen, die ich ihm abgenommen habe; aber wir sind noch nicht quitt, er und ich, und er soll mir das, was er mir bei seinem Sohn angetan hat, in anderer Münze bezahlen.

Achte Szene

Octavio, Leandro, Scappino

OCTAVIO Nun, Scappino, hattest du Glück mit deinem Unternehmen in meinem Interesse?

LEANDRO Ist es dir gelungen, meine Liebe aus der Bedrängnis zu retten?

SCAPPINO *zu Octavio* Hier sind siebenhundertfünfzig Taler, die ich Eurem Vater abgeluchst habe.

OCTAVIO Oh, wie froh du mich machst!

SCAPPINO *zu Leandro* Für Euch konnte ich nichts tun.

LEANDRO *will gehen* So muß ich den Tod suchen. Denn ich kann nicht leben, wenn Zerbinetta mir entrissen wird.

SCAPPINO Hoppla – schön langsam, Herr! Beeilt Euch nicht so!

LEANDRO *sich umwendend* Was soll aus mir werden, Scappino?

SCAPPINO Ich hab' ja alles, was Ihr braucht.

LEANDRO *zurückkommend* Oh, du schenkst mir das Leben wieder.

SCAPPINO Aber ich stelle die Bedingung: daß ich mich an Eurem Vater, der mir übel mitgespielt hat, rächen darf.

LEANDRO Alles, wie es dir beliebt, Scappino.

SCAPPINO Ihr gestattet es mir vor einem Zeugen, Herr?

LEANDRO Ja.

SCAPPINO Hier habt Ihr fünfhundert Taler.

LEANDRO Schnell, schnell – nun will ich gleich meine Herzallerliebste holen.

Dritter Akt

Erste Szene

Zerbinetta, Giacinta, Scappino, Silvestro

SILVESTRO Jawohl, Eure Liebsten wünschen, daß ihr beide beisammen bleibt. Wir haben von ihnen diesen Auftrag bekommen.

GIACINTA Dieser Auftrag ist mir sehr genehm. Denn eine solche Gefährtin erfreut mich, und es soll nicht an mir fehlen, die Einigkeit der beiden, die wir lieben, auch zwischen Ihnen und mir herzustellen.

ZERBINETTA Ich nehme den Vorschlag gern an, denn ich pflege mich nicht zu sträuben, wenn man mir Freundschaft entgegenbringt.

SCAPPINO Und wenn man Euch Liebe entgegenbringt?

ZERBINETTA Das ist etwas anderes; die Gefahr ist größer, und ich bin von Natur aus nicht tollkühn.

SCAPPINO Was meinen Herrn betrifft, seid Ihr's und müßt Ihr's sein, da er soviel für Euch getan hat, daß er Gegenliebe wohl verdient.

ZERBINETTA Ganz und gar kann ich ihm noch nicht vertrauen; und was er bisher getan hat, genügt noch nicht, um mich endgültig zu beruhigen. Ich bin von heiterer Gemütsart und lache unaufhörlich; aber wenn ich auch lache, bin ich in einigen Punkten doch ernsthaft. Dein Herr würde sich täuschen, wenn er der Meinung wäre, daß er mich schon besitzt, nur weil er mich losgekauft hat. Das kostet nämlich nicht nur Geld. Um ihm zu bieten, was seine Liebe wünscht, brauche ich ein Unterpfand seiner Treue, dargebracht bei jener gewissen Feier, die für unerläßlich angesehen wird.

SCAPPINO Eben dieses hat er vor. Er bewirbt sich ja auch in aller Form und in allen Ehren um Euch. Es wäre einem Menschen wie mir niemals eingefallen, in diese ganze Sache einzugreifen, wenn dem nicht so wäre.

ZERBINETTA Ich will es glauben. Doch ich sehe Schwierigkeiten von seiten des Vaters voraus.

SCAPPINO Wir werden Mittel finden, um alles günstig zu wenden.

GIACINTA Die Ähnlichkeit unseres Schicksals trägt gewiß zu unserer wachsenden Freundschaft bei. Wir haben die gleiche Angst und sind vom gleichen Unheil bedroht.

ZERBINETTA Aber Sie haben zumindest den Vorteil, Ihre Herkunft zu kennen; wenn Sie den Namen Ihrer Eltern enthüllen, können die Ihnen helfen und Ihr Glück sichern, indem sie sich mit der schon geschlossenen Ehe einverstanden erklären. Wer immer aber ich auch sein mag, es hilft mir nichts, und kein Vater ist da, den ich umstimmen könnte.

GIACINTA Dafür haben Sie den Vorteil: für jenen, den Sie lieben, ist kein anderes Mädchen als Gattin ausersehen, das ihn von Ihnen abwenden könnte.

ZERBINETTA Nicht die Treulosigkeit eines Verliebten muß man am meisten fürchten. Man kann sich doch wohl genug gute Eigenschaften zutrauen, um zu behalten, was man gewonnen hat – mir macht vor allem die Macht eines Vaters Angst, gegen den die allerbesten Eigenschaften nichts ausrichten.

GIACINTA Ach, warum müssen die wahrhaften Neigungen immer durchkreuzt werden?! Wie schön, wenn man liebt und kein Widerstand das holde Band zerreißt, durch das zwei Herzen sich verbinden!

SCAPPINO Jetzt phantasiert ihr aber! Die Ruhe in der Liebe gleicht der lähmenden Windstille. Die Vereinigung ohne Hindernisse wird langweilig; das Leben braucht Ebbe und Flut. Schwierigkeiten erwecken die Leidenschaft und steigern die Freuden.

ZERBINETTA Scappino, wir möchten gern von deiner Methode hören, um den beiden alten Geizkragen das Geld herauszulocken. Sie ist, wie ich höre, so erheiternd, und es ist nie eine verlorene Mühe, mir etwas zu erzählen, denn ich lohne es durch die sichtbare Freude, mit der ich zuhöre.

SCAPPINO Da ist Silvestro, der das ebensogut treffen wird wie ich selbst. Ich muß die Vorfreude auf einen kleinen Rachefeldzug auskosten.

SILVESTRO Warum läßt du dich mit solch vergnügter Laune in üble Händel ein?

SCAPPINO Gewagte Streiche zu versuchen, ist meine höchste Wonne.

SILVESTRO Laß es dir noch einmal sagen, Scappino, gib diesen Plan auf! Glaub mir doch!

SCAPPINO Ich glaube mir mehr als dir.

SILVESTRO Was zum Henker hast du von solchen Späßen?!

SCAPPINO Was zum Henker geht dich das an?

SILVESTRO Ich sehe voraus, daß du dir ohne Not eine tüchtige Tracht Prügel zuziehen wirst.

SCAPPINO Das betrifft meine, nicht deine Kehrseite.

SILVESTRO Gewiß; dein Rücken gehört dir, und du kannst mit ihm anfangen, was dir beliebt.

SCAPPINO Diese Art von Gefahren hat mich noch nie abgehalten; ich hasse die Kleinmütigen, die zu vieles vorausberechnen und drum nichts riskieren.

ZERBINETTA Wir werden noch guter Dienste bedürfen.

SCAPPINO Ihr sollt mich bald wiedersehen. Man wird mir nie nachsagen, daß ich ungestraft bereit gewesen sei, mir selbst untreu zu werden und Geheimnisse zu enthüllen, die besser verborgen bleiben.

Zweite Szene

Geronte, Scappino

SCAPPINO *sieht Geronte kommen und holt einen großen Sack*

GERONTE Nun, Scappino, wie steht die Angelegenheit meines Sohnes?

SCAPPINO Euer Sohn ist in Sicherheit, gnädiger Herr. Ihr aber, Herr, schwebt in der fürchterlichsten Gefahr. Ich wollte, Ihr wäret jetzt in Eurem Haus.

GERONTE Wie das?

SCAPPINO In diesem Augenblick, Herr, ist man von allen Seiten hinter Euch her, um Euch umzubringen.

GERONTE Mich?

SCAPPINO Ja.

GERONTE Wer?

SCAPPINO Der Bruder des Geschöpfs, das Herr Octavio geheiratet hat. Der Plan, Eure Tochter statt seiner Schwester mit Herrn Octavio zu verbinden, könnte dazu führen, meint er, daß die Ehe für nichtig erklärt wird, und drum ist er fest entschlossen, seine Verzweiflung an Euch auszutoben und seiner Ehre Genüge zu tun, indem er Euch das Leben nimmt. Alle seine Freunde, grimmige Haudegen wie er, sind ausgeschwärmt, um Euch zu suchen, und erkundigen sich überall nach Euch. Ich habe sogar da und dort Regimentskameraden von ihm gesichtet, die jeden, der ihnen begegnet, fragen und an allen Zugängen zu Eurem Haus Posten aufstellen, so daß Ihr nicht mehr dorthin zurückkehren könnt, aber auch kaum mehr einen Schritt von hier fort machen könnt, ohne ihnen in die Hände zu fallen.

GERONTE Was soll ich tun, mein guter Scappino?

SCAPPINO Das weiß ich nicht, gnädiger Herr, denn es ist eine äußerst heikle Angelegenheit, und ich zittere für Euch vom Kopf bis zu den Füßen und ... Wartet einmal. *er geht bis in den Hintergrund, um zu sehen, ob jemand sich nähert*

GERONTE *zitternd* Nun?

SCAPPINO *zurückkommend* Nein, nein, es war nichts.

GERONTE Fällt dir kein Mittel ein, um mich aus dieser Bedrängnis zu retten?

SCAPPINO Ich wüßte wohl etwas; aber da liefe ich Gefahr, erschlagen zu werden.

GERONTE Ach, Scappino, bewähre dich doch als getreuer Diener. Laß mich nicht im Stich, ich bitte dich.

SCAPPINO Das will ich gern. Meine Zuneigung zu Euch kann nicht dulden, daß Ihr schutzlos bleibt, gnädiger Herr.

GERONTE Ich werde dich auch belohnen, das verspreche ich dir. Du bekommst dieses Gewand von mir, wenn ich es ein wenig abgetragen habe.

SCAPPINO Wartet einmal, gnädiger Herr. Hier habe ich glücklicherweise ein Mittel, um Euch zu retten. Ihr steigt in diesen Sack und ...

GERONTE *der glaubt, daß jemand kommt* Oh!

SCAPPINO Nein, nein, noch ist niemand hier. Ihr steigt also da hinein, und ich bitte Euch: macht Euch um keinen Preis bemerkbar. Ich lade Euch wie ein Lastträger auf meinen Rücken und trage Euch mitten durch Eure Feinde bis in Euer Haus; und sind wir einmal dort, können wir uns verbarrikadieren und Unterstützung gegen die Gewalttäter anfordern.

GERONTE Das ist ein guter Gedanke.

SCAPPINO Der allerbeste, Herr. Ihr werdet sehen. *für sich* Du wirst mir bezahlen, was du mir angetan hast.

GERONTE Was sagst du?

SCAPPINO Ich sage, daß wir Euren Feinden ein Schnippchen schlagen werden. Legt Euch an das andere Ende, Herr, und zeigt Euch ja nicht und haltet Euch ganz still, was immer auch geschehen mag.

GERONTE Laß mich nur. Ich halte ganz still und ...

SCAPPINO Verbergt Euch, da kommt so ein Raufbold, der Euch sucht. – Oh, das ist ja ein Mohr! *im folgenden abwechselnd mit seiner eigenen und mit einer verstellten, sehr rauhen, barbarischen Stimme redend* – »Oh, oh, ick nock nickt macke hin das Hund. Kann sage mir da keine, wo sein das alt Geront?« – Ganz still bleiben! – »Allah, Allah, ick das Greise finden und wenn es stecke in Mittelpunkte von Erdekugele.« – Ja keinen Mucksen! – »Ah, ah, da sein ein Tragere von Last.« – Mein Herr! – »Du, ick dir gebe Dukate, du sage, wo Geront.« – Ihr sucht den gnädigen Herrn Geronte, mein Herr? – »Ja, bei Barte von Prophete, suche Geront.« – Und weshalb, Herr, wenn ich fragen darf? – »Wesalbe?« – Ja. – »Soll kriegen Prugele bis sein hin.« – O Herr, man prügelt so einen Herrn nicht, er ist keiner von denjenigen, welchen man derlei antun darf. – »Was, diese Schufte Geront, diese Lumpe, diese Aase!« – Der gnädige Herr ist, bitte, kein Schufte und kein Lumpe und kein Aase. – »Was du sage zu mir so kecke?« – Ich verteidige lediglich einen Ehrenmann, der beleidigt wird. – »Du Freund Geront?« – Ja, Herr, das bin ich. – »Oh, du Freund, das sein gute!« – *er schlägt mehrmals mit einem Stock auf den Sack* – »Da, da, gib das Freund Geront, da, da!« – Au, au! ... ich bitte Euch, Herr ... au, au, Euer Gnaden, Gnade, Gnade, Euer Gnaden! – »Gib das verdammte Kerle Geront und das und das! Lebe wohle.« – Au, au, der Teufel soll den Hund holen! *er greift nach seinem Rücken, als hätte er Schläge bekommen*

GERONTE *sieht aus dem Sack hervor* Oh, Scappino, ich kann nicht mehr!

SCAPPINO Ach, gnädiger Herr, ich bin ganz windelweich, mir tut hinten alles so weh!

GERONTE Dir? Er hat doch auf mich losgeschlagen.

SCAPPINO Auf Euch, Herr? Nicht doch! Meine Kehrseite hat er getroffen.

GERONTE Wie denn? Ich habe die Schläge gespürt und spüre sie immer noch.

SCAPPINO Nein, sage ich Euch, das, was Euch getroffen hat, war nur das Ende seines Prügels.

GERONTE Du hättest zurückweichen sollen, damit ich nicht ...

SCAPPINO *bedeckt Gerontes Kopf mit dem Sack* Achtung, da kommt der nächste. Er sieht wie ein Ausländer aus. *gleiches Spiel wie zuvor* – »Gopferdori, ich laufe do ane und deht ane und chan en nöd finde, de Herr Geronte.« – Versteckt Euch gut, Herr! – »He, grüezi wohl, chönnd Ihr mir säge, wo'n ich de Herr Geronte cha finde?« – Nein, lieber Herr, ich weiß nicht, wo Herr Geronte ist. – »Wänn Ihr wänd so guet si, hälfed mir es bitzli, ich wot ja nöd vil von em, nur so es dutzendmal mit mim Stöckli uf syn Hinter haue und mit mim Dege so drü-, viermal i sinere Brust umestochere.« – Ich versichere Euch, Herr, daß ich nicht weiß, wo er sich befindet. – »He, da i dem Sack tuet sich öppis bewege.« – Verzeihung, mein Herr, ich ... – »Nenei, mit dem Sack isch öppis los.« – Keineswegs, mein Herr. – »Ich wett ja gern emal i de Sack e chli ine stäche.« – Nein, Herr, nicht mit dem Degen stechen, Herr! – »Zeiged mir doch, was det inne isch.« – Ich bitte Euch. – »Was wänd Ihr vo mir?« – Ihr dürft nicht sehen, was ich da trage. – »Ich wott's aber gseh.« – Ihr werdet es nicht sehen. – »Gopferdori nonemol!« – Das ist meine Habe. – »Herzeige!« – Ich tu's nicht! – »Ihr tüends nöd?« – Nein. – »Dänn hau ich Eu de Buckel voll.« – Das werdet Ihr nicht. – »Du blöde Löli!« – Au, au, au, au, o weh, au, au, au! – »Uf Widerluege! Jetzt wüssed Ihr, daß mer so öpper wie mich nöd am Seili abelah chan.« – Oh, dieser verdammte Grobian! Ah, ah, ah!

GERONTE *sieht aus dem Sack hervor* Ich bin gerädert.

SCAPPINO Und ich bin tot.

GERONTE Warum hauen denn alle immer auf mich?

SCAPPINO *bedeckt Gerontes Kopf wieder mit dem Sack* Aufgepaßt, jetzt kommt ein ganzer Haufen. *er imitiert im folgenden mehrere Stimmen* – »Kommt, suchen wir Geronte überall. Wir müssen ihn finden. Durchstreifen wir die ganze Stadt. Kein Platz wird ausgelassen. Alles wird durchsucht. Wohin geht ihr? Wir gehen dort hinüber. Wir dort herum. Nein, lieber da. Nach links. Nach rechts. Nein. Doch.« – Versteckt Euch gut! – »Ah, halt Kameraden, das ist ja sein Diener. Holla, du Schelm, du mußt uns verraten, wo dein Herr ist.« – Bitte, bitte, tut mir nichts, ihr Herren! – »Dann sag uns, wo er ist. Rede. Nun? Wird's bald?« – Sachte, ihr Herren, sachte! – *Geronte steckt vorsichtig den Kopf hervor und beobachtet Scappinos Gaunerei* – »Wenn du uns nicht auf der Stelle hilfst, deinen Herrn zu finden, verprügeln wir dich.« – Ich will lieber alle Qualen leiden, ehe ich meinen Herrn verrate. – »Dann erschlagen wir dich.« – Tut mit mir, was Euch beliebt. – »Bekommst du so gern Prügel?« – Ich werde meinen Herrn nicht verraten. – »Nun denn, du sollst den Stock schmecken, nimm das und ... – Oh! *als er zu prügeln beginnen will, steigt Geronte aus dem Sack und Scappino entflieht*

GERONTE Du Halunke, du Schurke, du Haderlump! Willst du mich umbringen?

Dritte Szene

Zerbinetta, Geronte

ZERBINETTA *ohne Geronte zu sehen* Oh, ich muß Luft schnappen!

GERONTE *sich allein glaubend* Das sollst du mir büßen, Bube, das schwöre ich dir.

ZERBINETTA *wie oben* Oh, oh, diese köstliche Geschichte – den alten Herrn hat man ja herrlich drangekriegt!

GERONTE Daran ist gar nichts köstlich und Sie haben darüber nicht zu lachen.

ZERBINETTA Was meinen Sie, mein Herr?

GERONTE Ich meine, daß Sie mich nicht auszulachen haben.

ZERBINETTA Sie?

GERONTE Ja, mich.

ZERBINETTA Wer denkt denn daran, Sie auszulachen?

GERONTE Wie kommen Sie dazu, mir so ins Gesicht zu lachen?

ZERBINETTA Es betrifft ja nicht Sie, ich lache nur so vor mich hin, weil ich eine Geschichte gehört habe, die lustigste Geschichte, die sich denken läßt. Ich weiß nicht, ob es daher kommt, daß ich daran beteiligt bin, aber ich kenne nichts Komischeres als diesen Streich, den ein Sohn seinem Vater gespielt hat, um Geld aus ihm herauszulocken.

GERONTE Ein Sohn seinem Vater, um Geld aus ihm herauszulocken?

ZERBINETTA Ja. Wenn Sie mich bitten, erzähle ich Ihnen gern den ganzen Hergang, ich bin nämlich von Natur aus immer dazu aufgelegt, alles, was ich weiß, anderen zu erzählen.

GERONTE Ich bitte Sie, mir diese Geschichte zu erzählen.

ZERBINETTA Sehr gern. Ich mache mir nichts draus, sie weiterzusagen, denn dieses Abenteuer kann ja sowieso nicht lange verborgen bleiben. Das Schicksal hat es gefügt, daß ich mich bei Zigeunern befand, die durch das Land ziehen und sich mit Wahrsagerei und allerhand anderen Dingen beschäftigen. Als ich hierher kam, sah mich ein junger Mann und verliebte sich in mich.

Er ließ mich nicht aus den Augen und glich zunächst allen jungen Leuten, die glauben, daß sie nur zu reden brauchen und daß sich schon beim ersten Wort alles so fügt, wie sie es gern möchten; doch angesichts meines stolzen Sinnes kam er schnell von seinen ursprünglichen Zielen ab. Er setzte die Leute meiner Umgebung von seinen Absichten in Kenntnis und fand sie bereit, mich ihm gegen ein Lösegeld zu überlassen. Doch das Unglück wollte, daß mein Bewerber sich in der Lage so vieler Söhne befand, daß er nämlich nicht über Mittel verfügte. Und sein Vater ist zwar wohlhabend, aber ein schwachsinniger alter Geizhals, der widerwärtigste Patron der Welt; warten Sie ... der Name wird mir gleich einfallen ... ein gewißer ... helfen Sie mir, bitte, können Sie mir nicht den Namen des allerärgsten Geizkragens in der ganzen Stadt nennen?

GERONTE Nein.

ZERBINETTA Irgend etwas mit -ron, -ronte ... Oronte – Nein! Ge ... Geronte, ja, Geronte, so heißt dieser alte Filz, jetzt weiß ich's. Um aber auf die Geschichte zurückzukommen: meine Leute wollten heute diese Stadt verlassen, so hätte mein mittelloser junger Mann mich verloren, hätte er nicht einen hilfreichen Bedienten, der das Geld dem Vater abgeluchst hat. Den Namen dieses Bedienten weiß ich, Scappino heißt er, ein unvergleichlicher Bursche, für den das höchste Lob noch zu wenig ist.

GERONTE *für sich* O du Halunke!

ZERBINETTA Er hat sich folgendes ausgedacht, um sein Opfer ins Garn zu locken ... ha, ha, ha, ha, ... wenn ich nur daran denke, muß ich schon so herzlich lachen ... ha, ha, ha, ha! Er sucht diesen habgierigen Esel auf ... ha, ha, ha ... sagt ihm, daß er mit seinem Sohn am Ufer spazierengegangen ist ... hi, hi, hi ... dort haben sie eine türkische Galeere gesehen und sind eingeladen worden, auf das Schiff zu kommen, ein junger Türke hat sie bewirtet – ha! – inzwischen ist die Galeere ins offene Meer gesegelt, der Türke hat den Diener in einem Boot allein zurückgeschickt und dem Vater des jungen Mannes sagen lassen, daß er seinen Sohn nach Algier mitnimmt, wenn er nicht sofort fünfhundert Taler bekommt. Ha, ha, ha! Mein alter Widerwart leidet Höllenqualen. Die Zuneigung dieses Dummkopfs für seinen Sohn liegt im ärgsten Kampf mit seinem Geiz. Die fünfhundert Taler, die er hergeben soll, sind für ihn wie fünfhundert Dolchstöße, die er bekommt. Ha, ha, ha! Er kann sich nicht entschließen, diesen Betrag auszuspucken, und in seinem Schmerz ersinnt er hundert törichte Methoden, um seinen Sohn wiederzubekommen ... ha, ha! ... er will die Justiz auf hoher See hinter der türkischen Galeere herjagen lassen ... ha, ha, ha! ... er will den Diener nötigen, sich als Stellvertreter des Sohnes so lange festhalten zu lassen, bis er das Geld zusammengekratzt haben würde, das er nicht hergeben möchte ... ha, ha, ha! ... er will sich für fünfhundert Taler von vier oder fünf alten Kleidern trennen, die nicht einmal dreißig Taler wert sind ... ha, ha, ha! Der Bediente weist ihm immer wieder die Untauglichkeit der Vorschläge nach, und jeder Wehruf des Alten ist gewürzt mit »Was zum Teufel tut er auch auf dieser Galeere?« – »O du vermaledeite Galeere!« – »Du Höllenkerl von einem Türken!« Endlich, nach mancherlei Ausflüchten und vielem Stöhnen und Seufzen ... Aber mir scheint, daß Sie über meine Geschichte nicht lachen. Was sagen Sie dazu?

GERONTE Ich sage dazu, daß der junge Mann ein Halunke ist, ein Frechdachs, der für diesen Streich von seinem Vater bestraft werden wird, daß die Zigeunerin ein unverschämtes vorwitziges Geschöpf ist, wenn sie sich derart beleidigend über einen Ehrenmann äußert, der sie schon lehren wird, anständige Söhne nicht zu verführen, und daß der schurkische Diener noch heute von Geronte auf den Galgen gebracht werden wird.

Vierte Szene

Silvestro, Zerbinetta

SILVESTRO Was fällt Euch denn ein?! Wißt ihr, daß ihr mit dem Vater Eures Liebhabers geredet habt?

ZERBINETTA Das habe ich mir gerade gedacht. Als ich ihm aber seine eigene Geschichte erzählt habe, war mir noch nicht klar, mit wem ich's zu tun hatte.

SILVESTRO Was für eine Geschichte? Seine eigene?

ZERBINETTA Ja, ich war so sehr entzückt von dieser Geschichte und ganz versessen darauf, sie weiterzuerzählen. Aber was schadet das ... es geschieht ihm ganz recht, und meine Lage wird dadurch weder schlimmer noch besser.

SILVESTRO Ihr seid so gesprächig, daß Ihr vor lauter Redelust nicht einmal Eure eigenen Angelegenheiten bei Euch behalten könnt.

ZERBINETTA Hätte er's denn sonst nicht von jemand anderem erfahren?

Fünfte Szene

Argante, Silvestro

ARGANTE He, Silvestro!

SILVESTRO *zu Zerbinetta* Geht ins Haus zurück, mein Herr ruft mich.

ZERBINETTA *geht*

ARGANTE Ihr habt euch alle miteinander verbündet, Halunke, ihr seid mir eine feine Bande, du, Scappino und mein Sohn; ihr wollt mich begaunern und ihr glaubt, daß ich mir das bieten lasse?

SILVESTRO Meiner Treu, gnädiger Herr, wenn Scappino Euch begaunert, bin ich nicht schuld daran; ich versichere Euch, daß ich damit nicht das allergeringste zu schaffen habe.

ARGANTE Wir werden sehen, du Galgenstrick. Wir werden ja sehen, und ich bin nicht gesonnen, mich an der Nase herumführen zu lassen.

Sechste Szene

Geronte, Argante, Silvestro

GERONTE Oh, lieber Freund Argante, Ihr seht mich von Mißgeschick heimgesucht.

ARGANTE Ihr seht auch mich in der ärgsten Heimsuchung.

GERONTE Der Haderlump Scappino hat mich um fünfhundert Taler begaunert.

ARGANTE Derselbe Haderlump Scappino hat mich durch eine Gaunerei um siebenhundertfünfzig Taler gebracht.

GERONTE Nicht genug damit, daß er mich um fünfhundert Taler erleichtert hat – ich schäme mich, auszusprechen, in welcher Art und Weise er mit mir umgesprungen ist. Aber er soll es mir büßen.

ARGANTE Ich lasse ihn den Streich entgelten, den er mir gespielt hat.

GERONTE Auch ich werde an ihm gebührend Rache nehmen.

SILVESTRO *für sich* Gebe der Himmel, daß ich da nicht hinein verwickelt werde!

GERONTE Aber das ist noch nicht alles, verehrter Freund Argante. Ein Unheil ist ja immer der Vorläufer des nächsten. Ich hatte mich so sehr gefreut, meine Tochter aus zweiter Ehe heute als süßen Trost meiner alten Tage hier zu finden, und muß nun von einem meiner Leute erfahren, daß sie Tarent vor langer Zeit verlassen hat und vermutlich bei einem Schiffbruch umgekommen ist.

ARGANTE Warum ließt Ihr sie denn in Tarent und versagtet Euch die Freude ihrer Anwesenheit bei Euch?

GERONTE Dafür hatte ich meine Gründe; familiäre Interessen veranlaßten mich, meine zweite Ehe bisher geheimzuhalten. Doch was sehe ich?!

Siebente Szene

Nerina, Argante, Geronte, Silvestro

GERONTE Du bist hier, du, die Amme meiner Tochter?

NERINA *niederkniend* Oh, mein gnädiger Herr Pandolfo ...

GERONTE Nenne mich Geronte; den andern Namen gebrauche ich nicht mehr, denn die Rücksichten, die mich gezwungen haben, ihn bei euch in Tarent zu führen, sind hinfällig.

NERINA Ach, eben diese Namensänderung hat uns arg zu schaffen gemacht, als wir hierher kamen, um Euch zu suchen.

GERONTE Wo ist meine Tochter, wo ihre Mutter?

NERINA Eure Tochter, gnädiger Herr, ist nicht weit von hier. Doch ehe ich sie zu Euch bringe, muß ich Euch um Nachsicht bitten: ich habe sie verheiratet – bedenkt, wie verlassen wir waren, da ich Euch nicht zu finden vermochte.

GERONTE Meine Tochter ist verheiratet?!

NERINA Ja, Herr.

GERONTE Mit wem?

NERINA Mit einem jungen Herrn namens Octavio, dem Sohn eines gewissen Herrn Argante.

GERONTE O Gott!

ARGANTE Welch eine Fügung!

GERONTE Führe uns ... schnell, führe uns zu ihr.

NERINA Ihr müßt nur in dieses Haus treten.

GERONTE Geh voraus. Folgt mir, folgt mir, Freund Argante.

SILVESTRO Das ist ja eine tolle Überraschung!

Achte Szene

Scappino, Silvestro

SCAPPINO He, Silvestro, was treiben unsere Leute?

SILVESTRO Ich habe dir zweierlei zu berichten. Die Angelegenheit des Herrn Octavio ist geregelt. Unsere Giacinta hat sich als

Tochter des Herrn Geronte entpuppt. Der Zufall hat den Plan der beiden Väter ausgeführt. Zweitens aber: Die beiden Alten stoßen die furchtbarsten Drohungen gegen dich aus, vor allem Herr Geronte.

SCAPPINO Ach, weißt du, Drohungen haben noch nie weh getan; sie sind Wolken, die hoch über unseren Köpfen dahinsegeln.

SILVESTRO Sei auf der Hut, Scappino; die Söhne könnten sich mit den Vätern verständigen, und dann zappelst du im Netz.

SCAPPINO Laß mich nur machen, Silvestro, ich werde mir etwas einfallen lassen, um ihren Grimm zu besänftigen, und ...

SILVESTRO Verschwinde, da kommen sie.

Neunte Szene

Geronte, Argante, Silvestro, Nerina, Giacinta

GERONTE Komm, mein Kind, komm zu mir. Meine Freude wäre vollkommen, hätte ich auch noch deine Mutter wiedergefunden.

ARGANTE Da kommt ja auch Octavio wie gerufen.

Zehnte Szene

Octavio, Argante, Geronte, Giacinta, Nerina, Zerbinetta, Silvestro

ARGANTE Komm, mein Sohn, komm und sei glücklich über deine Heirat, wie wir es sind. Der Himmel ...

OCTAVIO *Giacinta nicht sehend* Nein, mein Vater, all Ihre Heiratsprojekte sind nichtig, denn nun muß ich Ihnen reinen Wein einschenken. Man hat Ihnen von meiner Verbindung berichtet ...

ARGANTE Ja, doch du weißt nicht, daß ...

OCTAVIO Ich weiß alles, was ich zu wissen brauche.

ARGANTE Ich muß dir sagen, daß die Tochter des Herrn Geronte ...

OCTAVIO Die Tochter des Herrn Geronte kann mir nichts bedeuten.

GERONTE Sie ist es, die . . .

OCTAVIO *zu Geronte* Nein, mein Herr, ich bitte um Vergebung, doch mein Entschluß ist unumstößlich.

SILVESTRO *zu Octavio* Hört doch, Herr . . .

OCTAVIO Nein, schweig, ich will nichts hören.

ARGANTE Deine Gattin . . .

OCTAVIO Nein, sage ich, mein Vater: lieber sterben als die liebliche Giacinta verlassen. *Er geht quer über die Bühne zu ihr.* Hier ist sie, der ich Treue geschworen habe, was immer man auch versuchen mag, mein Leben lang werde ich sie lieben, keine andere will ich zur Frau . . .

ARGANTE Aber wir geben sie dir ja, du verbohrter Trotzkopf, der nicht hören und sehen will!

GIACINTA *auf Geronte deutend* Ja, Octavio, er ist mein Vater, den ich wiedergefunden habe, und unsere Not ist zu Ende.

GERONTE Kommt in mein Haus, dort können wir uns besser aussprechen als hier.

GIACINTA *auf Zerbinetta deutend* O mein Vater, gewähren Sie mir die Gunst und trennen Sie mich nicht von dieser liebenswürdigen Freundin. Sie hat eine reizende Eigenschaft, die Sie gewiß entzücken wird, wenn Sie sie kennenlernen.

GERONTE Du willst, daß ich ein Geschöpf bei mir aufnehme, das von deinem Bruder geliebt wird und das mir eben tausend Bosheiten ins Gesicht gesagt hat!

ZERBINETTA Mein Herr, ich bitte Euch um Vergebung. Ich hätte gewiß nicht derart geredet, wenn ich gewußt hätte, wer Ihr seid. Ich kannte Euch ja nur vom Hörensagen.

GERONTE Vom Hörensagen? Was heißt das?

GIACINTA Mein Vater, die Liebe meines Bruders zu ihr ist makellos, und für ihre Tugend verbürge ich mich.

GERONTE Das ist ja noch schöner – ich soll also meinen Sohn mit ihr verheiraten, mit einer dahergelaufenen Vagabundin!

Elfte Szene

Leandro, Octavio, Giacinta, Zerbinetta, Argante, Geronte, Silvestro, Nerina

LEANDRO Mein Vater, verdenken Sie mir's nicht, daß ich eine Unbekannte ohne Rang und Vermögen liebe. Diejenigen, von welchen ich sie befreit habe, entdeckten mir, daß sie hier zu Hause ist und aus einer achtbaren Familie stammt. Sie wurde als Vierjährige entführt, und hier ist ein Armband, das man mir eben gab und das uns helfen könnte, ihre Eltern zu finden.

ARGANTE Ach, wenn ich dieses Armband sehe, muß ich an meine Tochter denken, die ich verloren habe, als sie gleichfalls vier Jahre alt war.

GERONTE Eure Tochter?

ARGANTE Ja. Und das ist ihr Armband! Ich sehe alle Einzelheiten, die es mir bestätigen.

GIACINTA Himmel, welche Fülle erstaunlicher Vorfälle!

Zwölfte Szene

Carlo, Leandro, Octavio, Geronte, Argante, Giacinta, Zerbinetta, Silvestro, Nerina

CARLO Ihr Herren, eben hat sich etwas Merkwürdiges begeben.

GERONTE Was?

CARLO Der arme Scappino . . .

GERONTE . . . ist ein Schuft, den ich hängen lasse.

CARLO Ach, gnädiger Herr, das könnt Ihr Euch nun sparen. Als er an einem Haus vorbeiging, ist ihm der Hammer eines Steinmetzen auf den Kopf gefallen, hat ihm die Schädeldecke gespalten und das ganze Gehirn freigelegt. Er stirbt; und er hat mich gebeten, hierhergebracht zu werden, um vor seinem Tod noch mit Euch zu sprechen.

ARGANTE Wo ist er?

CARLO Da bringen sie ihn.

Dreizehnte Szene

Scappino, Carlo, Leandro, Octavio, Geronte, Argante, Giacinta, Zerbinetta, Silvestro, Nerina

SCAPPINO O weh, o weh, ihr Herren, ihr seht mich ... o weh, ihr seht mich in einem kläglichen Zustand. O weh! Doch wollte ich nicht sterben, ohne alle, die ich gekränkt haben könnte, um Vergebung gebeten zu haben. O weh! Ihr Herren, ehe ich meinen letzten Seufzer aushauche, beschwöre ich euch aus meinem tiefsten Herzen, mir zu verzeihen, was ich getan haben mag, ganz besonders Herrn Argante und Herrn Geronte. O weh!

ARGANTE Was mich betrifft, ich vergebe dir. Geh und stirb in Frieden ...

SCAPPINO *zu Geronte* Euch, Herr, habe ich am ärgsten gekränkt, durch die Stockhiebe, die ich Euch ...

GERONTE Sprich nicht weiter; auch ich verzeihe dir.

SCAPPINO Das war eine grobe Ungehörigkeit von mir, Euch derart mit dem Stock ...

GERONTE Lassen wir das.

SCAPPINO In meinem Todeskampf reut es mich unsäglich, daß ich Euch diese Hiebe mit dem ...

GERONTE Herrgott, so schweig doch.

SCAPPINO Die unseligen Stockhiebe, die ich ...

GERONTE Schweig, sag' ich, alles ist vergessen.

SCAPPINO Ach, wie gütig Ihr seid! Aber ist es wahrhaftig Euer Ernst, vergebt Ihr mir aus vollem Herzen, daß ich Euch so grausam mit dem Stock ...

GERONTE Ja doch! Reden wir nicht weiter. Ich verzeihe dir alles. Es ist erledigt.

SCAPPINO O gnädiger Herr, jetzt fühle ich mich ganz erleichtert durch Eure Worte.

GERONTE Aber ich verzeihe nur unter der Bedingung, daß du stirbst.

SCAPPINO Wie, gnädiger Herr?

GERONTE Ich nehme mein Wort zurück, wenn du davonkommst.

SCAPPINO O weh! O weh! Jetzt schwinden die Kräfte wieder.

ARGANTE Verehrter Freund Geronte, um unserer Freude willen: Ihr müßt ihm ohne Bedingungen vergeben.

GERONTE Meinetwegen.

ARGANTE Gehen wir zu Tisch und genießen wir unser Glück.

SCAPPINO Und mich laßt zu Häupten der Tafel sitzen und dort den Tod erwarten. *Er hat sich aufgerichtet und wird im Triumph abgetragen.*

Chronologie

1622 Jean Baptiste Poquelin wird in Paris geboren
1655 L'Étourdi ou Les Contretemps *(Der Wirrkopf)*
1656 Dépit amoureux
1659 Les Précieuses Ridicules *(Die lächerlichen Schwärmerinnen)*
1660 Sganarelle ou le Cocu imginaire *(Sganarell oder Der vermeintliche Betrogene)*
1661 Dom Garcie de Navarre
L'École des Maris *(Die Schule der Ehemänner)*
Les Fâcheux *(Die Lästigen)*
1662 L'École des Femmes *(Die Schule der Frauen)*
1663 La Critique de l'École des Femmes *(Kritik der ›Schule der Frauen‹)*
L'Impromptu de Versailles *(Vorspiel in Versailles)*
1664 Le Mariage forçé *(Die erzwungene Heirat)*
La Princesse d'Élide
1665 Dom Juan ou le Festin de Pierre *(Don Juan oder Der steinerne Gast)*
L'Amour médecin
1666 Le Misanthrope *(Der Menschenfeind)*
Le Médecin malgré lui *(Der Arzt wider Willen)*
1667 Mélicerte
Le Sicilien ou l'Amour peintre
1668 Amphitryon
George Dandin ou Le mari confondu *(Der Betrogene oder George Dandin)*
L'Avare *(Der Geizige)*
1669 Le Tartuffe ou L'Imposteur *(Tartuffe oder Der Betrüger)*
1670 Monsieur de Pourceaugnac *(Der Herr aus der Provinz)*
Les Amants magnifiques
Le Bourgeois Gentilhomme *(Der Bürger als Edelmann)*
1671 Psyché
Les Fourberies de Scapin *(Die Gaunereien des Scappino)*
La Comtesse d'Escarbagnas
1672 Les Femmes Savantes *(Die gelehrten Frauen)*
1673 Le Malade Imaginaire *(Der eingebildete Kranke)*

Molière stirbt in Paris

Zu dieser Ausgabe

Die Literatur über Molière in französischer Sprache ist unerschöpflich. Die Molière-Literatur in deutscher Sprache ist beschämend spärlich.

Trotzdem will ich der Versuchung, hier einen großen Essay über Molière und die Molière-Übersetzung folgen zu lassen, widerstehen.

Denn es war der erklärte Sinn und Zweck meiner Arbeit, dem Theater deutscher Sprache möglichst brauchbare und originalnahe Versionen der heute spielbaren Komödien Molières zu liefern; und ursprünglich wollte ich dies sogar im Titel der Ausgabe ausdrücken: ›Molière für das Theater‹.

Die Biographie Molières ist in den einschlägigen Publikationen nachzulesen, zum Beispiel in Gertrud Manders Taschenbuch (Friedrichs Dramatiker der Weltliteratur); Zeugnisse über Molière vereinigt der detebe-Band ›Über Molière‹.

Das beste mir bekannte Buch über Molière ist ›Molière, homme de théatre‹ von René Bray, Paris 1954.

Mein Dank an Molière für das große Erlebnis des intimen Umgangs mit seinen teils meisterhaften, teils meisterhaft ausgeführten Komödien sei es, daß ich hier ihn und nichts als ihn mit einem Minimum an Anmerkungen und in Abwesenheit jeglicher Philologie zu Wort kommen lasse.

Ich widme diese Ausgabe den Akteuren, welche auf der Bühne und im Fernsehen meine Übersetzungen gesprochen haben und sprechen werden.

Von den zweiunddreißig ›Titeln‹, welche die meisten Gesamtausgaben vereinigen, habe ich nur zwanzig übersetzt. Leider wurden bisher sogar Meisterwerke wie ›Die Schule der Ehemänner‹, ›Die Lästigen‹, ›Sganarell‹ von unseren Dramaturgen ignoriert – um so näher liegt es, jene Stücke, die heute nicht ›für das Theater‹ geeignet sind und sogar in Frankreich kaum gespielt werden, zu vernachlässigen. Wer sich für sie interessiert und des Französischen nicht mächtig ist, findet brauchbare Texte in den ›Sämtlichen Werken‹ (Propyläenverlag).

Dieses Prinzip der Auswahl gilt allerdings nicht für ›Amphitryon‹, ein Meisterwerk, das der Übertragung ins Deutsche ebenso würdig ist wie die anderen hier gesammelten Verskomödien. Um diese Übertragung habe ich mich bemüht. Doch ›Amphitryon‹ ist in einem anderen Metrum als Molières Komödien sonst geschrieben, nicht in Alexandrinern, sondern in »vers libres«: verschieden langen, unregelmäßig gereimten Verszeilen. Es war mir nicht möglich, eine originalnahe Version herzustellen, die meinen Anforderungen an Flüssigkeit und Zwanglosigkeit entsprochen hätte. Man kann, meine ich, diese Komödie nicht übersetzen – man muß sie nachdichten; als Erweis dieser Erkenntnis steht dem Repertoire deutscher Sprache Heinrich von Kleists ›Amphitryon‹ zur Verfügung.

Maria Enzersdorf, Hans Weigel
im März 1975

Molières Komödien in sieben Einzelbänden

»Hans Weigel hat für Molière das geleistet, was einst Schlegel für Shakespeare tat: er hat ihn uns erobert.«
Volksblatt, Wien

»Molière liest sich vortrefflich und wird sich immer vortrefflich lesen, weil er nicht nur voll echtem Gefühl und edler Gesinnung, sondern vor allem auch voll jener durchsichtigen Klarheit ist, die, an und für sich schon ein Zauber, diesen Zauber durch *Bonsens* und gute Laune, durch Witz und Grazie beständig zu verdoppeln weiß. Er ist sentenziös wie Larochefoucauld, erreicht aber größere Wirkung, weil seine Sentenzen nicht bloß in der Luft herumfliegen, sondern bestimmte persönliche Träger haben und aus ganz bestimmten Situationen heraus erwachsen.«
Theodor Fontane

Die Komödien in der Neuübertragung von Hans Weigel, jeder Band mit Titelkupfern aus der ersten französischen Gesamtausgabe. Im Anhang des letzten Bandes ein Nachwort des Übersetzers und eine Chronologie der Stücke

Der Wirrkopf / Die lächerlichen Schwärmerinnen
Sganarell oder Der vermeintlich Betrogene

Die Schule der Frauen
Kritik der ›Schule der Frauen‹ / Die Schule der Ehemänner

Tartuffe oder Der Betrüger
Der Betrogene oder George Dandin
Vorspiel in Versailles

Don Juan oder Der steinerne Gast / Die Lästigen
Der Arzt wider Willen

Der Menschenfeind
Die erzwungene Heirat
Die gelehrten Frauen

Der Geizige / Der Bürger als Edelmann / Der Herr aus der Provinz

Der eingebildete Kranke
Die Gaunereien des Scappino

Über Molière
Zeugnisse, Essays und Aufsätze von Anouilh bis Voltaire. Mit Chronik und Bibliographie. Herausgegeben von Christian Strich, Rémy Charbon und Gerd Haffmans

William Shakespeare im Diogenes Verlag

»Shakespeare ist das größte Genie, das je existiert hat. Das Attribut ›groß‹ kommt Shakespeare ganz von selbst zu, fügt man aber noch hinzu, daß er auch zum Reformator der ganzen Literatur geworden ist und darüber hinaus in seinen Werken nicht nur Lebenserscheinungen seiner Zeit geprägt, sondern aus damals erst keimenden Gedanken und Anschauungen prophetisch die Richtung erahnt hat, die der Geist der Gesellschaft in der Zukunft einschlagen würde, dann kann man mit völliger Gewißheit sagen, Shakespeare war der größte Dichter aller Zeiten und hat auf der Kampfbahn des dichterischen Schaffens nur einen einzigen Ebenbürtigen gefunden, das Leben selbst, das er in seinen Werken mit solcher Vollkommenheit dargestellt hat.« *Johann Wolfgang Goethe*

Dramatische Werke
Übersetzung von Schlegel/Tieck, Edition von Hans Matter, Illustrationen von Johann Heinrich Füßli

Romeo und Julia / Hamlet Othello

König Lear / Macbeth Timon von Athen

Julius Cäsar / Antonius und Cleopatra / Coriolanus

Ein Sommernachtstraum Der Kaufmann von Venedig Viel Lärm um nichts / Wie es euch gefällt / Die lustigen Weiber von Windsor

Außerdem erschienen:

Sonette
Englisch und deutsch. Herausgegeben und mit einem Vorwort von Hanno Helbling

Liebessonette
Englisch und deutsch. Mit einem Nachwort von Gisela Hesse. Deutsch von Otto Gildemeister, Gottlob Regis, Karl Richter, Dorothea und Ludwig Tieck, Karl Simrock

Honoré de Balzac im Diogenes Verlag

»Balzac möchte ich empfehlen. Das riesenhafte Werk des Franzosen (welches in meiner Bibliothek zwischen dem Homer und *Tausendundeiner Nacht* steht) hat nichts von seiner Bedeutung eingebüßt, nichts von seiner Kraft zu faszinieren. Im Gegenteil. Mit wachsender Entfernung stellt sich erst die eigentliche Dimension dar. Dieses scheinbar planlose und doch so genau konzipierte Durcheinander von Aristokraten, Eheleuten, Bürgern und Kleinbürgern, Bankiers, Dirnen, Heiligen, Sonderlingen, Geizhälsen, Teufeln, Journalisten, Advokaten und Politikern (Reihenfolge ganz zufällig) und was sonst noch das Paris jener Tage bevölkerte, diese unvergeßlichen Gestalten, umbrandet von Elend und gierig nach Reichtum, nach Luxus, nach Ruhm, nach Liebe, diese Menschen aller Klassen, mit denen der große, unbestechliche Epiker wie mit Bällen spielt, bald grausam, bald gnädig, sie bald in die Hölle, bald in irgendein Kloster schickend, doch nie aus Zynismus, nie aus Moral, sondern alle Geschöpfe seiner Phantasie gleicherweise liebend, stets ›ihren‹ Gesetzen folgend: Kurz, dies alles liest man zwar wohl immer noch mit der gleichen Begeisterung, jedoch mit steigender Bewunderung.«
Friedrich Dürrenmatt

Zwei Frauen
Roman. Aus dem Französischen von Gabrielle Betz

Die Frau von dreißig Jahren
Roman. Deutsch von Erich Noether. Mit einem Nachwort von Eugen Lerch

Vater Goriot
Roman. Deutsch von Rosa Schapire. Mit einem Nachwort von W. Somerset Maugham

Eugenie Grandet
Roman. Deutsch von Mira Koffka

Junggesellenwirtschaft
Roman. Deutsch von Franz Hessel

Verlorene Illusionen
Roman. Deutsch von Otto Flake. Mit einem Nachwort von Hans-Jörg Neuschäfer

Glanz und Elend der Kurtisanen
Roman. Deutsch von Emil A. Rheinhardt

Tante Lisbeth
Roman. Deutsch von Paul Zech

Vetter Pons
Roman. Deutsch von Otto Flake

Eine dunkle Geschichte
Roman. Deutsch von Friedrich von Oppeln-Bronikowski

Der Landpfarrer
Roman. Deutsch von Emmi Hirschberg. Mit einem Nachwort von Hippolyte Taine

Das ungekannte Meisterwerk
Erzählungen. Deutsch von Heinrich E. Jacob und Hete Maass

Die tödlichen Wünsche
Das Chagrinleder. Roman. Deutsch von Emil A. Rheinhardt

Pariser Geschichten
Deutsch von Otto Flake. Mit einem Nachwort von Egon Friedell

Mystische Geschichten
Deutsch von Franz Hessel, Else von Hollander und Emmi Hirschberg. Mit einem Nachwort von Wilhelm Dilthey

Tolldreiste Geschichten
Deutsch und mit einem Nachwort von Herbert Kühn. Mit vielen Bildern von Gustave Doré

Albert Savarus/Kehrseite der Geschichte unserer Zeit
Zwei Romane. Deutsch von Max Krell und Hugo Kaatz. Mit einem Nachwort von Ingrid Peter

Cäsar Birotteaus Größe und Niedergang
Roman. Deutsch von Hugo Kaatz. Mit einem Nachwort von Stefan Zweig

Modeste Mignon
Roman. Deutsch von Friedrich Sieburg. Mit einem Nachwort von Richard Mellein

Pierrette/Der Landpfarrer von Tours
Zwei Romane. Deutsch von Rosa Schapire. Mit einem Nachwort von Hermann Hesse

Ursula Mirouet
Roman. Deutsch von Walter Benjamin. Mit einem Nachwort von Oscar Wilde

Das Mädchen mit den Goldaugen
Erzählung. Deutsch von Victor von Koczian. Mit einem Nachwort von Stefan Zweig

Geliebtes Leben
Ein Brevier. Herausgegeben von Werner Fuchs-Hartmann

Meistererzählungen
Ausgewählt von Auguste Amédée de Saint-Gall. Mit einem Nachwort von Georges Simenon

Balzac – Leben und Werk
Zeugnisse und Aufsätze von Victor Hugo bis Georges Simenon. Mit einem Repertorium der wichtigsten Romanfiguren. Chronik und Bibliographie. Herausgegeben von Claudia Schmölders. Erweiterte Neuausgabe 1993

Gustave Flaubert im Diogenes Verlag

»Die Geschichte der menschlichen Intelligenz und ihrer Schwäche, die große Ironie eines Denkers, der unaufhörlich und in allem die ewige und allgemeine Dummheit feststellt. Glaubenssätze, die Jahrhunderte bestanden haben, werden in zehn Zeilen auseinandergesetzt, entwickelt und durch die Gegenüberstellung mit andern Glaubenssätzen vernichtet, die ebenso knapp und lebhaft dargelegt und zerstört werden. Es ist der Babelturm der Kenntnisse, wo alle die verschiedenen, entgegengesetzten und doch unbedingten Lehrsätze und alle in ihrer Sprache die Ohnmacht der Anstrengungen, die Eitelkeit der Behauptungen und immer das ewige Elend alles Seins nachweisen.«
Guy de Maupassant

Jugendwerke
Erste Erzählungen. Herausgegeben, aus dem Französischen und mit einem Nachwort von Traugott König

November
Erinnerungen, Aufzeichnungen und innerste Gedanken / Memoiren eines Irren. Zweiter Band der Jugendwerke. Herausgegeben, übersetzt und mit einem Nachwort von Traugott König

Briefe
Herausgegeben, kommentiert und übersetzt von Helmut Scheffel

Die Versuchung des heiligen Antonius
Deutsch von Felix Paul Greve

Madame Bovary
Sitten der Provinz. Roman. Deutsch von René Schickele und Irene Riesen. Nachwort von Heinrich Mann

Salammbô
Kampf um Karthago. Deutsch von Friedrich von Oppeln-Bronikowski

Drei Geschichten
Ein schlichtes Herz. Die Legende von Sankt Julian dem Gastfreien. Herodias. Deutsch von E.W. Fischer

Bouvard und Pécuchet
Roman. Vom Mangel an Methode in den Wissenschaften. Deutsch von Erich Marx

Reisetagebuch aus Ägypten
Deutsch von E.W. Fischer. Mit einem Nachwort von Wolfgang Koeppen

Die Erziehung des Herzens
Geschichte eines jungen Mannes. Deutsch von Emil A. Rheinhardt. Mit den Rezensionen von Jules Barbey d'Aurevilly, George Sand und Émile Zola sowie einem Glossar im Anhang

Anton Čechov im Diogenes Verlag

»Er hat seine Erzählungen mit vollkommener Kunstfertigkeit gestaltet: *Die Bauern* zum Beispiel sind ebenso vollkommen wie Flauberts *Madame Bovary*. Er bemühte sich, einfach, klar und knapp zu schreiben. Seine drastischste Forderung war, daß der Schriftsteller Anfang und Ende seiner Erzählung weglassen sollte. Er selbst hat das getan, und zwar so rigoros, daß seine Freunde sagten, man solle ihm die Manuskripte wegschnappen, bevor er die Möglichkeit habe, sie zu verstümmeln: ›Sonst beschränken sich am Ende die Erzählungen darauf, daß sie jung waren, sich verliebten, heirateten und unglücklich wurden.‹ Als man das Čechov erzählte, sagte er: ›Aber so ist es doch tatsächlich.‹« *W. Somerset Maugham*

»Welche Schriftsteller mich als jungen Menschen beeinflußt haben? Čechov! Als Dramatiker? Čechov! Als Erzähler? Čechov!« *Tennessee Williams*

● **Das dramatische Werk**
Neu übersetzt, transkribiert und herausgegeben von Peter Urban. Jeder Band bringt den unzensurierten Text mit sämtlichen Varianten und Lesearten, Auszüge aus Čechovs Notizbüchern, Anmerkungen und einen editorischen Bericht

Der Kirschgarten
Komödie in vier Akten

Der Waldschrat
Komödie in vier Akten

Die Möwe
Komödie in vier Akten

Onkel Vanja
Szenen aus dem Landleben in vier Akten

Ivanov
Drama in vier Akten

Drei Schwestern
Drama in vier Akten

Die Vaterlosen
[Platonov]. Das ›Stück ohne Titel‹

Sämtliche Einakter

● **Das erzählende Werk**
Deutsch von Gerhard Dick, Wolf Düwel, Ada Knipper, Georg Schwarz, Hertha von Schulz und Michael Pfeiffer. Gesamtredaktion, Anmerkungen und Nachweise von Peter Urban

Ein unbedeutender Mensch
Erzählungen 1883–1885

Gespräch eines Betrunkenen mit einem nüchternen Teufel
Erzählungen 1886

Die Steppe
Erzählungen 1887–1888

Flattergeist
Erzählungen 1888–1892

Rothschilds Geige
Erzählungen 1893–1896

Die Dame mit dem Hündchen
Erzählungen 1897–1903

Eine langweilige Geschichte/Das Duell
Kleine Romane I

Krankenzimmer Nr. 6/Erzählung eines Unbekannten
Kleine Romane II

Drei Jahre/Mein Leben
Kleine Romane III

Die Insel Sachalin
Reisebericht

Ein unnötiger Sieg
Frühe Novellen und Kleine Romane. Deutsch von Beate Rausch und Peter Urban. Herausgegeben, mit Anmerkungen und einem Nachwort von Peter Urban

Die Dame mit dem Hündchen/Herzchen
Zwei Erzählungen

Meistererzählungen
Ausgewählt von Franz Sutter

● Frühe Erzählungen
in zwei Bänden. Übersetzt und herausgegeben von Peter Urban

Er und sie
Frühe Erzählungen 1880–1885

Ende gut
Frühe Erzählungen 1886–1887

● Gesammelte Humoresken und Satiren
in zwei Bänden. Übersetzt und herausgegeben von Peter Urban

Das Leben in Fragen und Ausrufen
Humoresken und Satiren 1880–1884

Aus den Erinnerungen eines Idealisten
Humoresken und Satiren 1885–1892

● Briefe
in 5 Bänden. Die größte nicht-russische Briefausgabe in der Neuübersetzung und -edition von Peter Urban. Jeder Band enthält Faksimiles, einen umfangreichen Anhang mit editorischem Bericht, Anmerkungen und einer Chronik; im letzten Band zusätzlich ein Personen- und Werkregister

● Freiheit von Gewalt und Lüge
Gedanken über Aufklärung, Fortschritt, Kunst, Liebe, Müßiggang und Politik. Zusammengestellt von Peter Urban. Mit fünf Porträts und einer Selbstkarikatur von Doktor Čechov

● Das Čechov Lesebuch
Herausgegeben, kommentiert und mit einem Vorwort von Peter Urban

● Wie soll man leben?
Anton Čechov liest Marc Aurel
Herausgegeben, übersetzt und mit einem Vorwort von Peter Urban

• D.H. Lawrence
Ausgewählt, aus dem Englischen und mit einem Nachwort von Elisabeth Schnack

• Jack London
Aus dem Amerikanischen von Erwin Magnus. Mit einem Vorwort von Herbert Eisenreich

• Carson McCullers
Ausgewählt von Anton Friedrich. Aus dem Amerikanischen von Elisabeth Schnack

• Katherine Mansfield
Ausgewählt, aus dem Englischen und mit einem Nachwort von Elisabeth Schnack

• W. Somerset Maugham
Ausgewählt von Gerd Haffmans. Aus dem Englischen von Kurt Wagenseil, Tina Haffmans und Mimi Zoff

• Guy de Maupassant
Ausgewählt, aus dem Französischen und mit einem Nachwort von Walter Widmer

• Meistererzählungen aus Amerika
Geschichten von Edgar Allan Poe bis John Irving. Herausgegeben von Gerd Haffmans. Mit einleitenden Essays von Edgar Allan Poe und Ring Lardner, Zeittafel, bio-bibliographischen Notizen und Literaturhinweisen. Erweiterte Neuausgabe 1995

• Meistererzählungen aus Irland
Geschichten von Frank O'Connor bis Bernard Mac Laverty. Herausgegeben von Gerd Haffmans. Mit einem Essay von Frank O'Connor, bio-bibliographischen Notizen und Literaturhinweisen. Erweiterte Neuausgabe 1995

• Herman Melville
Aus dem Amerikanischen von Günther Steinig. Nachwort von Hans-Rüdiger Schwab

• Conrad Ferdinand Meyer
Mit einem Nachwort von Albert von Schirnding

• Frank O'Connor
Aus dem Englischen und mit einem Nachwort von Elisabeth Schnack

• Liam O'Flaherty
Aus dem Englischen und mit einem Nachwort von Elisabeth Schnack

• George Orwell
Ausgewählt von Christian Strich. Aus dem Englischen von Felix Gasbarra, Peter Naujack, Alexander Schmitz, Nikolaus Stingl u.a.

• Luigi Pirandello
Ausgewählt und mit einem Nachwort von Lisa Rüdiger. Aus dem Italienischen von Percy Eckstein, Hans Hinterhäuser und Lisa Rüdiger

• Edgar Allan Poe
Ausgewählt und mit einem Vorwort von Mary Hottinger. Aus dem Amerikanischen von Gisela Etzel

• Alexander Puschkin
Aus dem Russischen von André Villard. Mit einem Fragment ›Über Puschkin‹ von Maxim Gorki

• Joachim Ringelnatz
Ausgewählt von Winfried Stephan

• Joseph Roth
Ausgewählt von Daniel Keel. Mit einem Nachwort von Stefan Zweig

• Saki
Aus dem Englischen von Günter Eichel. Mit einem Nachwort von Thomas Bodmer und Zeichnungen von Edward Gorey

• Arthur Schnitzler
Herausgegeben und mit einem Nachwort von Hans Weigel

• Alan Sillitoe
Aus dem Englischen von Hedwig Jolenberg und Wulf Teichmann

• Georges Simenon
Aus dem Französischen von Wolfram Schäfer, Angelika Hildebrandt-Essig, Gisela Stadelmann, Linde Birk und Lislott Pfaff

• Henry Slesar
Aus dem Amerikanischen von Thomas Schlück und Günter Eichel

● Muriel Spark
Aus dem Englischen von Peter Naujack und Elisabeth Schnack

● Stendhal
Aus dem Französischen von Franz Hessel, M. von Musil und Arthur Schurig. Mit einem Nachwort von Maurice Bardèche

● Robert Louis Stevenson
Aus dem Englischen von Marguerite und Curt Thesing. Mit einem Nachwort von Lucien Deprijck

● Adalbert Stifter
Mit einem Nachwort von Julius Stöcker

● Leo Tolstoi
Ausgewählt von Christian Strich. Aus dem Russischen von Arthur Luther, Erich Müller und August Scholz

● B. Traven
Ausgewählt von William Matheson

● Iwan Turgenjew
Herausgegeben, aus dem Russischen übersetzt und mit einem Nachwort versehen von Johannes von Guenther

● Mark Twain
Mit einem Vorwort von N.O. Scarpi

● Jules Verne
Aus dem Französischen von Erich Fivian

● H. G. Wells
Ausgewählt von Antje Stählin. Aus dem Englischen von Gertrud J. Klett, Lena Neumann und Ursula Spinner

Kleine Diogenes Taschenbücher

»Literarische und philosophische Kostbarkeiten.«
Kölner Stadt-Anzeiger

»Diogenes düst mit seinen Kleinen Taschenbüchern quer durch die Weltliteratur und setzt auf das Buch als Gebrauchsgegenstand und damit auf die Popularisierung einer stillen Art des Vergnügens in einer dröhnend lauten Welt. Wir ziehen mit.«
Eva Elisabeth Fischer / Süddeutsche Zeitung, München

Ali Baba und die vierzig Räuber
Zwei Märchen aus ›Tausendundeiner Nacht‹

Die Bergpredigt
Aktuelle Texte aus dem Neuen Testament. Ausgewählt von Christian Strich. Mit einem Vorwort von H.G. Wells

Bertolt Brecht
Die schönsten Gedichte
Ausgewählt von Silvia Sager. Mit einem Nachwort von Hannah Arendt

Wilhelm Busch
Die schönsten Gedichte
Ausgewählt von Christian Strich

Albert Camus
Weder Opfer noch Henker
Über eine neue Weltordnung. Aus dem Französischen von Lislott Pfaff. Mit einem Nachwort von Heinz Robert Schlette und einem Beitrag von Hans Mayer

Giacomo Casanova
Zwei Nonnen
Eine erotische Geschichte. Aus dem Französischen von Franz Blei

Anton Čechov
Die Dame mit dem Hündchen
Zwei Erzählungen. Aus dem Russischen von Hertha von Schulz und Gerhard Dick

Matthias Claudius
Die schönsten Gedichte
Ausgewählt von Christian Strich

Paulo Coelho
Der Wanderer
Geschichten und Gedanken. Aus dem Brasilianischen von Maralde Meyer-Minnemann. Ausgewählt von Anna von Planta

Unterwegs
Geschichten und Gedanken. Deutsch von Maralde Meyer-Minnemann. Ausgewählt von Anna von Planta

Luciano De Crescenzo
Sokrates
Sein Leben und Denken. Aus dem Italienischen von Linde Birk

Doris Dörrie
Der Mann meiner Träume
Erzählung

Männer
Eine Dreiecksgeschichte

Fjodor Dostojewskij
Die Sanfte
Deutsch von Johannes von Guenther

Friedrich Dürrenmatt
Die Panne
Eine noch mögliche Geschichte

Der Gedankenschlosser
Über Gott und die Welt. Ausgewählt und zusammengestellt von Daniel Keel und Anna von Planta

Albert Einstein & Sigmund Freud
Warum Krieg?
Ein Briefwechsel. Mit einem Essay von Isaac Asimov

Epiktet
Handbüchlein der Moral und Unterredungen
Herausgegeben, Vorwort und Schlußbemerkung von Wolfgang Kraus. Deutsche Übertragung nach J.G. Schulthess und K. Enk

Epikur
Über das Glück
Ausgewählte Texte. Aus dem Altgriechischen und herausgegeben von Séverine Gindro und David Vitali. Mit einem Nachwort von Ludwig Marcuse

Die Fahne und der Wind
Zen-Geschichten aus Tibet, Indien, China und Japan. Herausgegeben von Henri Brunel. Aus dem Französischen von Ingrid Fischer-Schreiber

Theodor Fontane
Die schönsten Gedichte
(vorm.: Wer schaffen will, muß fröhlich sein) Ausgewählt von Franz Sutter

Mahatma Gandhi
Die Kraft des Geistes
Auswahl aus den Schriften. Ausgewählt und mit einem Vorwort von Gertrude und Thomas Sartory. Aus dem Englischen von Fritz Kraus und Emil Roniger

Geschichten aus der Bibel
Die Geschichte von der Erschaffung der Welt
von Adam und Eva, von Abraham, Jakob und von Joseph und seinen Brüdern. In der Übertragung von Martin Luther. Auswahl der Texte von Franz Sutter

Die Geschichte von Hiob
In der Übertragung von Martin Luther

Die Geschichte von König David
In der Übertragung von Martin Luther

Die Geschichte von Moses
vom Exodus, den Zehn Geboten und dem Einzug ins Gelobte Land. In der Übertragung von Martin Luther. Auswahl der Texte von Franz Sutter

Johann Wolfgang Goethe
Die schönsten Gedichte
(vorm.: Liebesgedichte) Ausgewählt von Franz Sutter

Von der Höflichkeit des Herzens
und andere Gedanken. Herausgegeben und mit einem Vorwort von Ernst Freiherr von Feuchtersleben

Die schönsten Märchen der Brüder Grimm
Ausgewählt von Christian Strich

Heinrich Heine
Die schönsten Gedichte
Ausgewählt von Anton Friedrich

Hermann Hesse
Die schönsten Gedichte
Ausgewählt von Christian Strich. Mit einem Essay des Autors über Gedichte und einem Nachwort von Maria Nils

Patricia Highsmith
Drei Katzengeschichten
Aus dem Amerikanischen von Anne Uhde

Hildegard von Bingen
Lieder
Zweisprachige Ausgabe lateinisch/deutsch. Ausgewählt von Silvia Sager. Mit einem Vorwort von Walter Nigg

I Ging
Das Buch der Wandlungen
Herausgegeben von Thomas Cleary. Aus dem Amerikanischen von Ingrid Fischer-Schreiber

John Irving
Die Pension Grillparzer
Eine Bärengeschichte. Aus dem Amerikanischen von Irene Rumler

Deutschlandreise
Deutsch von Irene Rumler

Franz Kafka
Die Verwandlung
Erzählung

Brief an den Vater
Mit einem Vorwort von Max Brod

Immanuel Kant
Deines Lebens Sinn
Eine Auswahl aus dem Gesamtwerk. Herausgegeben und mit einem Vorwort von Wolfgang Kraus

Die schönsten Katzengedichte
(vorm.: Die allerliebsten Kätzchen)
Ausgewählt von Anne Schmucke. Mit Zeichnungen von Tomi Ungerer

Jiddu Krishnamurti
Meditationen
Eine Auswahl aus den Schriften. Aus dem Englischen von Ulrich Hartmann

Lao Tse
Tao-Te-King
Neu ins Deutsche übertragen von Hans Knospe und Odette Brändli. Mit einem Nachwort von Knut Walf

D.H. Lawrence
Liebe, Sex und Emanzipation
Essays. Aus dem Englischen von Elisabeth Schnack

Nikolaus Lenau
Die schönsten Gedichte
Ausgewählt von Silvia Sager

Donna Leon
Latin Lover
Von Männern und Frauen. Aus dem Amerikanischen von Monika Elwenspoek

Eine Amerikanerin in Venedig
Geschichten aus dem Alltag. Deutsch von Monika Elwenspoek

Die schönsten Liebesbriefe deutscher Dichter
Ausgewählt und herausgegeben von Anton Friedrich und Silvia Sager

Die schönsten Liebesbriefe deutscher Musiker
Herausgegeben von Anton Friedrich und Silvia Sager

Die schönsten deutschen Liebesgedichte
Ausgewählt von Christian Strich

Das kleine Liederbuch
Die schönsten deutschen Volkslieder. Mit Skizzen von Tomi Ungerer

Loriot
Szenen einer Ehe

Ian McEwan
Psychopolis
Abschied aus L.A. Aus dem Englischen von Wulf Teichmann

W. Somerset Maugham
Die Leidenschaft des Missionars
Erzählung. Aus dem Englischen von Ilse Krämer

Guy de Maupassant
Das Freudenhaus
Drei Erzählungen. Aus dem Französischen von Walter Widmer und Georg von der Vring

Eduard Mörike
Mozart auf der Reise nach Prag
Novelle

Mohammed
Die Stimme des Propheten
Aus dem Koran ausgewählt, herausgegeben und mit einem Vorwort von Wolfgang Kraus

Michel de Montaigne
Um recht zu leben
Aus den Essais. Mit einem Vorwort von Egon Friedell

Christian Morgenstern
Galgenlieder
Ausgewählt von Christian Strich

Wilhelm Müller
Die Winterreise
Mit Zeichnungen von Ludwig Richter und einem Nachwort von Winfried Stephan

Friedrich Nietzsche
Die schönsten Gedichte
Ausgewählt von Anton Friedrich

Walter Nigg
Teresa von Avila
Eine leidenschaftliche Seele

Franz von Assisi
Denken mit dem Herzen

No future?
Herausgegeben von Franz Sutter

Ingrid Noll
Stich für Stich
Fünf schlimme Geschichten

Die Sekretärin
Drei Rachegeschichten

Rainer Maria Rilke
Briefe an eine junge Frau
Mit einer Erinnerung an Rilke von Romain Rolland

Briefe an einen jungen Dichter
Mit einem Vorwort von Joachim W. Storck

Die schönsten Gedichte
Ausgewählt von Franz Sutter. Mit einem Nachwort von Stefan Zweig

Joachim Ringelnatz
Die schönsten Gedichte
in kleiner Auswahl. Ausgewählt von Franz Sutter und Antje Stählin. Mit einer kleinen Autobiographie des Autors

Salomo
Weinen hat seine Zeit
Lachen hat seine Zeit
Die großen Dichtungen des Königs Salomo. Mit einem Vorwort von Ludwig Marcuse

Sappho
Die schönsten Gedichte
Altgriechisch-deutsch. Herausgegeben und aus dem Altgriechischen von Kurt Steinmann. Mit einem Vorwort von Simone Frieling

William Shakespeare
Liebessonette
Englisch und deutsch. Aus dem Englischen von Otto Gildemeister, Gottlob Regis, Karl Richter, Dorothea und Ludwig Tieck, Karl Simrock

Georges Simenon
Brief an meine Mutter
Aus dem Französischen von Trude Fein

Patrick Süskind
Drei Geschichten
und eine Betrachtung

Susanna Tamaro
Eine Kindheit
Erzählung. Aus dem Italienischen von Maja Pflug

Die Demut des Blicks
Wie ich zum Schreiben kam. Zwei Essays und ein Gespräch mit Paola Gaglianone. Deutsch von Maja Pflug

Henry David Thoreau
Über die Pflicht zum
Ungehorsam gegen den Staat
Aus dem Amerikanischen von Walter E. Richartz. Mit einem Nachwort von Manfred Allié

Vom Spazieren
Ein Essay. Aus dem Amerikanischen von Dirk van Gunsteren

Mark Twain
Adams Tagebuch
und Die romantische Geschichte der Eskimomaid. Eine klassische und eine moderne Liebesgeschichte. Deutsch von Marie-Louise Bischof und Ruth Binde

Oscar Wilde
Die Lust des Augenblicks
Aphorismen. Aus dem Englischen von Candida Kraus. Mit einem Vorwort von Wolfgang Kraus

Zen
Worte großer Meister
Herausgegeben von Thomas Cleary. Aus dem Amerikanischen von Ingrid Fischer-Schreiber